MELMOTH,

ou

L'HOMME ERRANT.

MELMOTH,

OU

L'HOMME ERRANT.

PAR M. MATHURIN, AUTEUR DE BERTRAM, ETC.

TRADUIT LIBREMENT DE L'ANGLAIS

PAR JEAN COHEN,

ANCIEN CENSEUR ROYAL,

Traducteur des *Protecteurs et les Protégés*, du
Chevalier de Saint-Jean, etc.

TOME SIXIÈME.

PARIS,

CHEZ G. C. HUBERT, LIBRAIRE,
Palais-Royal, Galerie de Bois, n° 222.

~~~~~~~~~~

1821.

MELMOTH,

ou

L'HOMME ERRANT.

CHAPITRE XXXIV.

« La mendicité paraissait devoir être désormais la seule ressource de cette malheureuse famille. Elle se décida à en faire l'essai dès le soir même. Le malheureux père ne changea pas de place le reste de la journée. Inès s'efforça de réparer encore les habits de ses enfans, qui étaient en si mauvais état, que chaque point qu'elle faisait, occasionait une nouvelle déchirure.

« Le grand'père, toujours assis dans
son ample bergère, grâce aux soins d'I-
nès, car son fils était devenu fort indif-
férent sur son compte, regarda l'ouvrage que tenait sa bru, et s'écria, avec
toute la pétulance de la vieillesse : Oui,
oui, vous les couvrez de broderies, tandis que mes vêtemens sont en lambeaux!... En lambeaux ! répéta-t-il en
soulevant le bras pour montrer les habits que la famille malheureuse avait eu
de la peine à lui laisser. Inès s'efforça de
l'apaiser en lui montrant son ouvrage
et lui prouvant qu'elle se bornait à réparer les anciens vêtemens de ses enfans;
mais elle entendit, avec une horreur
inexprimable, son époux irrité des discours du vieillard, assouvir son effroya-

ble indignation dans un langage qu'elle essaya d'étouffer en approchant encore davantage de son beau-père, afin de fixer sur elle et sur son travail son attention égarée. Elle n'eut pas de peine à réussir, et tout alla bien jusqu'à ce qu'il fallût se séparer pour la nouvelle occupation qui devait remplir leur soirée. Ce fut alors qu'un sentiment inconnu agita le cœur des jeunes gens. Julie se rappela l'aventure qui lui était arrivée; elle songea à l'or, au langage flatteur, aux tendres accens du cavalier. Elle voyait sa famille périr de besoin autour d'elle; elle sentait ce même besoin dévorer ses entrailles, et en jetant les yeux autour de sa demeure dépouillée, l'or s'offrit encore plus brillant à son souvenir. Un faible espoir, mêlé peut-être d'un mouvement d'orgueil, plus faible encore, troubla donc son cœur. Il est possible qu'il m'aime, se dit-elle, et ne me croie pas indigne de sa main. Puis le désespoir reprenait le dessus. Il faudra que je meure de faim, pensa-t-elle, si je reviens les mains vides, et pourquoi ne rendrais-je pas service à ma famille en mourant? Je ne survivrai jamais à ma honte, mais elle peut y survivre, car elle n'en saura rien!

Elle sortit, et prit une direction opposée à celle du reste de la famille.

« La nuit survint; chacun rentra à son tour. *Julie fut la dernière.* Son frère et sa sœur avaient obtenu quelques bagatelles. Le vieillard sourit en voyant les provisions, qui après tout étaient à peine suffisantes pour le repas du plus jeune des enfans.

« Et vous, Julie, ne nous avez-vous rien apporté? lui dirent ses parens. Elle se tenait à part et silencieuse.... Son père répéta la question d'une voix forte et courroucée. Elle tressaillit à ce son, et s'avançant précipitamment, elle cacha son visage dans le sein de sa mère.

« Rien, rien, dit-elle d'une voix entrecoupée; j'ai essayé.... Mon cœur faible et méchant a cédé un instant, et à la pensée.... Mais non.... non; pas même pour vous sauver de la mort, je n'aurais pu m'y résoudre.... Je suis revenue pour mourir auparavant moi-même. Ses parens la comprirent et frémirent.

Au milieu de leurs angoisses, ils la
bénirent en pleurant. Le repas fut par-
tagé. Julie refusa d'abord d'y prendre
part, parce qu'elle n'y avait pas contri-
bué. Sa répugnance fut enfin vaincue
par les tendres importunités du reste de
la famille.

« Ce fut à cette occasion que Walberg
donna un exemple de ces accès d'humeur soudains et violens, auxquels il
s'était depuis peu habitué, et qui te-
naient de la démence. Il paraissait voir,
avec un sombre mécontentement, que
sa femme, ainsi qu'elle le faisait toujours, réservât la plus forte portion
pour son père. Dans le premier moment
il se borna à le regarder de côté, en
marmotant entre ses dents. Il parla en-

suite plus haut, mais pas assez pour être entendu du vieillard, qui dévorait son mince repas. Tout à coup les souffrances de ses enfans lui inspirèrent une sorte de sauvage ressentiment, et se levant, il s'écria : Mon fils vend son sang à un chirurgien pour nous sauver la vie * ! Ma fille tremble au moment de se livrer à la prostitution pour nous procurer un repas; et que fais-tu pendant ce temps, toi, inutile vieillard ! Lève-toi, lève-toi, et demande l'aumône pour toi-même, ou il faudra que tu meures de faim. A ces mots, sa colère étant

------

* Historique. Ce fait est arrivé dans une famille française pendant l'émigration.

(*Note de l'Auteur.*)

parvenue au plus haut point, il leva la
main contre le vieillard sans défense.
A cette vue horrible, Inès jeta de grands
cris, et les enfans, accourant, se placè-
rent au-devant de leur père. Sa rage en
fut augmentée, et il distribua de tous
côtés des coups, qui furent supportés
sans murmure. Quand l'orage fut apaisé,
il s'assit et fondit en larmes.

« Dans ce moment, le vieillard, au
grand étonnement de tout le monde
excepté de Walberg, le vieillard, dis-
je, qui, depuis l'enterrement de sa
femme, n'avait fait d'autre chemin que
de sa bergère à son lit et de son lit à sa
bergère, et cela encore appuyé sur quelqu'un de la famille, se leva tout-à-coup
de sa place, comme pour obéir à son

fils et marcha d'un pas ferme et assuré
vers la porte. Quand il l'eut atteinte, il
s'arrêta, regarda en arrière avec un inutile effort de mémoire et sortit lentement.
Tel fut l'effroi que toute la famille
éprouva à ce dernier regard, qui ressemblait à celui d'un cadavre marchant lui-
même vers sa tombe, que personne n'essaya d'arrêter ses pas, et plusieurs momens s'écoulèrent avant qu'Everard se
recueillît assez pour le poursuivre.

« En attendant, Inès qui avait ren-
voyé ses enfans s'était assise à côté de
son malheureux époux et s'efforçait de
le consoler. Sa voix qui avait une douceur remarquable sembla produire un
effet physique sur lui. Il tourna d'abord
la tête vers elle, puis s'appuyant sur son

épaule, il versa quelques larmes; enfin,
se jetant sur son sein, il pleura sans se
retenir. Inès profita de ce moment pour
lui faire sentir l'horreur qu'elle éprouvait de la faute qu'il venait de com-
mettre, et le supplia d'implorer la misé-
ricorde divine pour un crime qui, à ses
yeux, équivalait presque à un parricide.
Walberg lui demanda d'un air égaré ce
qu'elle voulait dire. Elle répondit en
frémissant : Votre père.... votre pauvre
vieux père! Mais Walberg souriant
avec une expression de confiance mystérieuse et surnaturelle qui glaça le sang
de sa femme, s'approcha de son oreille
et lui dit tout bas : Je n'ai plus de père!
il est mort; il y a long-temps qu'il est
mort! je l'ai enterré le jour que j'ai creusé

la tombe de ma mère! Pauvre vieillard, ajouta-t-il avec un soupir; c'était
bien heureux pour lui... il aurait vécu
pour pleurer et peut-être pour mourir
de faim. Mais je vais vous dire quelque
chose, Inès.... n'en répétez rien à personne. Je m'étonnais de ce qui faisait
diminuer si vite nos provisions; je ne
savais pas pourquoi ce qui était autrefois assez pour quatre suffisait à peine
aujourd'hui pour un. J'ai long-temps
guetté et je l'ai enfin découvert.... mais
c'est un grand secret.... un vieux revenant visitait tous les jours la maison. Il
prenait la forme d'un vieillard couvert
de haillons, avec une longue barbe blanche, il se mettait à table et dévorait
tout tandis que les enfans mouraient de

faim en le regardant.... mais je l'ai frappé, je l'ai maudit, je l'ai chassé au nom du Tout-Puissant, et il est parti. Oh! comme il était avide ce revenant! mais il ne nous poursuivra plus, et nous en aurons assez.... assez pour demain.

« Inès, accablée d'horreur à cette preuve évidente de démence ne chercha point à l'interrompre. Elle s'efforça seulement de le calmer, en priant intérieurement le ciel de préserver sa propre raison. Walberg observa ses regards, et avec la prompte méfiance naturelle aux esprits à moitié égarés, il ajouta : si vous ne croyez point ce que je viens de vous dire, vous ajouterez sans doute encore moins de foi à l'horrible apparition qui me poursuit depuis quelque temps.

« O mon ami! dit Inès en reconnais-
sant dans ces paroles la source d'une
frayeur que lui avaient occasionée certaines circonstances de la conduite de
son mari, frayeur auprès de laquelle
celle de la famine n'était rien ; je crains
de vous avoir trop bien compris. Je puis
souffrir les dernières extrémités du besoin et de la famine ; je puis même vous
les voir souffrir, mais les mots horribles
qui vous sont échappés pendant votre
sommeil ! Quand je pense à ces mots,
quand je cherche à deviner.....

« Vous n'avez besoin de rien deviner, dit Walberg en l'interrompant, je
vais tout vous dire. En parlant ainsi sa
physionomie cessa d'exprimer l'égarement ; elle devint tout-à-fait calme, son

VI. 2

œil se fixa, son ton s'affermit. Toutes
les nuits, depuis nos derniers malheurs
j'ai erré pour obtenir quelques secours.
j'ai demandé à tous les passans ; mais
pendant ces dernières nuits, je n'ai jamais manqué de rencontrer l'ennemi du
genre humain qui....

« Cessez, ô mon ami, de vous livrer
à ces horribles pensées ; elles sont le résultat de l'état triste et troublé de votre
esprit.

— « Inès, écoutez-moi. Je vois cette
figure aussi distinctement que je vois la
vôtre ; j'entends sa voix comme vous
entendez à présent la mienne. Le besoin
et la misère n'ont pas d'ordinaire pour
effet de monter l'imagination. Ils s'atta-
chent trop aux réalités. L'homme qui

ne sait où trouver des alimens ne se figure pas qu'un banquet lui est offert, et que le tentateur l'invite à s'y asseoir et à manger à son aise. Non, non, Inès, le malin esprit, ou quelqu'un des agens dévoués, caché sous une forme humaine, m'obsède toutes les nuits, et je ne sais plus comment faire pour résister aux embûches qu'il me tend. »

« Et sous quelle forme paraît-il? dit Inès, espérant qu'elle détournerait la marche de ses tristes pensées, en feignant de la suivre.

— « Sous la forme d'un homme de moyen âge, d'un extérieur grave et sérieux, et dont l'aspect n'a rien de remarquable, si ce n'est l'éclat de deux yeux brûlans dont le lustre est presque

insupportable. Il les fixe quelquefois
sur moi, et je me sens comme fasciné.
Toutes les nuits il m'obsède, et peu de
personnes auraient pu, comme moi,
résister à ses séductions. Il m'a offert, et
m'a prouvé qu'il dépendait de lui de
me donner tout ce que la cupidité humaine pouvait désirer, sous la condition de...... Je n'ose le dire : cette condition est si horrible, si impie, que
l'on commet un crime presque aussi
affreux en l'écoutant qu'en y cédant. »

Inès, toujours incrédule, poursuivit
néanmoins son premier plan, et demanda à son mari quelle était cette
condition. Quoiqu'ils fussent seuls,
Walberg ne voulut la lui dire qu'à l'o-
reille, et Inès, dont la raison était for-

tifiée par un caractère froid et grave,
ne put pourtant s'empêcher de se rappeler que, dans sa jeunesse, elle avait
entendu dire qu'un être de ce genre
parcourait l'Espagne, et jouissait du
pouvoir de tenter les hommes réduits
aux dernières calamités, par des offres
semblables, offres qui jusqu'alors avaient
été constamment rejetées. Elle frémit à
l'idée que son époux pût avoir été expo-
sé à de pareilles tentations, et elle s'efforça de fortifier son âme et sa conscience par des argumens également
convenables à sa position, soit qu'il fût
la victime d'une imagination troublée,
ou l'objet réel d'une affreuse persécu-
tion. Elle tira ces argumens de l'histoire de la religion ; et, lui ayant rap-

pelé les nombreux martyrs qui avaient
péri pour cette sainte cause, elle lui demanda s'il ne se sentait pas autant de
courage qu'eux.

« Ils périssaient par le fer et le feu,
dit Walberg; mais ils ne mouraient pas
de faim : cette mort est plus horrible.
Qu'est-ce ceci que je tiens? ajouta-t-il
en prenant, sans savoir ce qu'il faisait,
la main de sa femme dans les siennes.

« C'est ma main, mon ami, dit sa
tremblante épouse.

— « Votre main! Non... c'est impossible! Vos doigts étaient doux et frais...
ceux-ci sont brûlans et desséchés......
Est-ce bien une main humaine?

« C'est la mienne, reprit Inès en
pleurant.

« Vous êtes donc affamée? dit Walberg, comme s'il s'était réveillé d'un songe.

« Nous le sommes tous depuis quelque temps, » répondit Inès, trop heureuse de ramener la raison de son époux, même au prix de cet horrible aveu. Nous le sommes tous ; mais c'est moi qui ai le moins souffert. Quand une famille meurt de faim, les enfans pensent à leurs repas, mais la mère ne pense qu'à ses enfans. J'ai vécu aussi sobrement que je l'ai pu...... A dire vrai.... je n'avais point d'appétit.

« Chut, dit Walberg en l'interrompant; quel bruit ai-je entendu?...... n'étaient-ce pas les gémissemens d'un mourant?

— « Non, ce ne sont que les enfans qui se plaignent en dormant.

— « De quoi se plaignent-ils ?

« De la faim, je pense, dit Inès, en cédant involontairement à l'horrible sentiment de sa misère habituelle.

« Et je reste là pour l'écouter, s'écria Walberg en se levant avec précipitation; je reste là pour être témoin de leur sommeil interrompu par ces rêves de détresse, tandis qu'il suffirait d'un mot pour remplir cette chambre de montagnes d'or, qui ne me coûteraient que.....

« Quoi, dit Inès en embrassant ses genoux; songez à ce que cela vous coûterait. Qu'est-ce qu'un homme peut recevoir en échange de son âme? Ah!

périssons tous, devant vos yeux, de faim
et de besoin, avant que vous scelliez
votre perdition par cet horrible.....

« Ecoutez-moi, femme, dit Walberg
en tournant sur elle des yeux presque
aussi terribles et aussi brillans que ceux
de Melmoth ! écoutez-moi ! mon âme
est perdue ! Ceux qui meurent dans les
souffrances de la faim ne connaissent
pas de Dieu et n'en ont pas besoin. Si
je reste ici pour mourir avec mes enfans, je serai aussi sûr de blasphémer
contre l'auteur de mon être, que si je le
renonçais aux horribles conditions que
l'on me propose, Ecoutez-moi, Inès, et
ne tremblez pas. Si je vois mes enfans
mourir de faim, je me livre soudain à
un désespoir sans remède, et je me prive

VI. 3

de la vie. Si je consens à cette offre effrayante, je puis encore me repentir; je puis encore me sauver. D'un côté, il y a de l'espoir; de l'autre, il n'y en a aucun, aucun! Vos mains m'embrassent, mais elles sont froides. Vous n'êtes plus que l'ombre de vous-même. Indiquez-moi le moyen d'obtenir encore un repas, et je cracherai sur le tentateur, je le repousserai. Mais où en trouver? Laissez-moi donc aller auprès de lui. Vous prierez pour moi, Inès, n'est-il pas vrai? Et les enfans?..... Mais ne souffrez pas qu'ils prient pour moi. Dans mon désespoir, j'ai oublié de prier, et maintenant leurs prières seraient un reproche pour moi..... Inès!..... Inès!.... Quoi! parlé-je à un cadavre?

« Son erreur n'était pas grande, car sa malheureuse femme était tombée, sans mouvement, à ses pieds.

« Dieu soit béni ! s'écria-t-il ! un mot l'a tuée. Cette mort a été plus douce que celle de la faim. J'aurais agi avec compassion, si je l'eusse étranglée de mes propres mains. Maintenant, c'est le tour de mes enfans, ajouta-t-il, tandis que les pensées les plus horribles se succédaient dans son esprit avec la plus effrayante rapidité. Il croyait entendre le murmure de l'Océan et nager dans une mer de sang. Maintenant, c'est le tour de mes enfans ! Il chercha soudain un instrument de mort. Sa main droite saisit la gauche ; il crut tenir une épée, et dit : Ceci suffira. Ils se débattront ; ils

me supplieront; mais je leur dirai que
leur mère est morte à mes pieds; et que
pourront-ils me répondre à cela?

« Le malheureux s'assit cependant et
réfléchit. S'ils pleurent, que leur dirai-
je? Il y a Julie et Inès qui porte le
même nom que sa mère..... et le pauvre
petit Maurice, qui sourit même quand
il a faim, et dont le sourire est pire
qu'une malédiction!..... Je leur dirai
que leur mère est morte, s'écria-t-il en
s'avançant d'un pas chancelant vers la
chambre de ses enfans : ce sera là ma
réponse et leur arrêt.

« En parlant, il heurta du pied le
corps inanimé de sa femme, et son âme
s'étant concentrée au plus haut degré de
la souffrance, il s'écria : «Hommes!...

hommes!.... que sont vos désirs et vos
passions, vos espérances et vos craintes,
vos combats et vos victoires? Regardez-
moi! écoutez-moi! Renoncez à des be-
soins et à des désirs factices, et donnez
des alimens à ceux qui en demandent.
Soyez sages! que vos enfans vous repro-
chent tout hormis le défaut de pain!
c'est là le plus cruel de tous les reproches; celui qu'on sent d'autant plus,
qu'il est moins exprimé. Je l'ai souvent
senti, mais je ne le sentirai plus! — En
disant ces mots, l'infortuné s'approcha
du lit de ses enfans.

« Mon père! mon père! s'écria Julie,
sont-ce là vos mains? Laissez-moi vivre,
et je ferai tout ce que vous voudrez, tout,
excepté........

« Mon père ! mon cher père ! s'écria Inès, épargnez-nous ! Demain nous aurons peut-être de quoi manger !

 « Maurice, le plus jeune des enfans, sauta à bas de son lit ; et, embrassant les genoux de son père, il dit : O mon cher père ! pardonnez-moi ; je rêvais qu'il y avait un loup dans la chambre, et qu'il nous égorgeait. J'ai crié bien long-temps, mon père, et je commençais à croire que vous ne viendriez pas. Et maintenant.... O Dieu ! ô Dieu !..... Est-ce vous qui êtes le loup ?

« Par bonheur, les mains du père infortuné étaient devenues impuissantes par la convulsion même qui les avait portées à cet acte de désespoir. Les jeunes filles s'étaient évanouies d'hor-

feur, et leur état ressemblait à la mort.
L'enfant fut assez rusé pour contrefaire
aussi le mort. Il restait dans son lit,
étendu et retenant son haleine.

« Quand le malheureux Walberg
crut avoir accompli son horrible des-
sein, il sortit de la chambre. En se re-
tirant, il trébucha sur le corps inanimé
de sa femme. Un gémissement annonça
que la malheureuse n'était pas morte.

« Qu'est ceci? dit Walberg en chancelant dans son délire. Ce cadavre me
reproche-t-il mon crime, ou une voix
qui survit, me maudit-elle pour avoir
laissé mon ouvrage incomplet?

« Comme il disait ces mots, il plaça
son pied sur le corps de sa femme.

Dans cet instant on frappa un coup
très-fort à la porte de la maison. Les
voilà, s'écria-t-il; son égarement lui
offrant déjà les procédures criminelles,
suite inévitable du meurtre imaginaire
qu'il avait commis. Eh bien!... entrez...
frappez encore, ou soulevez le loquet...
entrez, vous en êtes les maîtres.... me
voici autour du cadavre de ma femme
et de mes enfans.... je les ai assassinés...
je le confesse... Vous venez me traîner
à la torture... je le sais... mais jamais...
non jamais, toutes ces tortures ne me
feront autant souffrir que si je les avais
vu mourir de faim devant mes yeux.
Entrez...entrez.... le crime est consom-
mé... le cadavre de ma femme est à mes

pieds, et le sang de mes enfans rougit mes mains.... Qu'ai-je encore à craindre?

« Tandis que le malheureux parlait ainsi, il tomba sur sa chaise, et se mit à frotter ses doigts, comme s'il avait voulu en essuyer des traces de sang. Cependant les coups frappés à la porte de la chambre devinrent plus forts; on leva effectivement le loquet, et trois personnes entrèrent dans la chambre où se trouvait Walberg. Ils s'avancèrent lente. .. Deux d'entr'elles paraissaient accablées par l'âge, la troisième par une vive émotion. Walberg ne fit pas attention à elles. Il avait le regard fixe, les mains jointes. Il ne fit aucun mouvement à leur approche.

« Ne nous reconnaissez-vous pas ?
dit le premier, en soulevant une lan-
terne qu'il tenait à la main. La lumière
tomba sur un groupe digne du pinceau
de Rembrandt. Une profonde obscurité régnait dans la chambre, excepté
dans le petit nombre d'endroits éclairés
par elle : elle montrait d'un côté Walberg assis dans un désespoir morne et
immobile, de l'autre le bon prêtre qui
avait servi de confesseur à Guzman ; et
dont les traits pâles et usés par l'âge et
les austérités, semblaient lutter contre
le sourire de bienveillance qui s'y peignait. Derrière l'ecclésiastique était le
vieux père de Walberg, dont l'aspect
offrait une apathie complète, qu'inter-
rompaient seulement de légers mouve-

mens de tête, par lesquels il semblait
se demander à lui-même pourquoi il
était là, et pourquoi il ne pouvait pas
parler. Il était soutenu par Everard,
dont les yeux brillaient d'un éclat qui
ne se soutint pas. Il tremble, s'avance,
puis se retire et se rapproche de son
aïeul, comme s'il avait besoin lui-même
de l'appui qu'il lui offre. Walberg fut
le premier qui rompit le silence.

« Je sais qui vous êtes, dit-il d'une
voix sombre, vous venez me saisir....
vous avez entendu ma confession, qu'at-
tendez-vous?... entraînez-moi.... je me
leverais pour vous suivre si je le pouvais; mais je me sens comme attaché à
ce siége; il faudra que vous m'en enle-
viez vous-mêmes.

« Pendant qu'il parlait ainsi, sa femme, qui jusqu'alors était restée étendue à ses pieds, se leva lentement, mais avec fermeté, et de tout ce qu'elle voyait ou entendait, ne paraissait comprendre que ce que son époux venait de dire; elle le serra dans ses bras comme si elle avait voulu empêcher qu'on ne l'emmenât, et jeta sur le groupe un regard de menace impuissant et égaré.

« Voilà donc encore un témoin, dit Walberg, qui s'élève d'entre les morts pour déposer contre moi! Ah! s'il en est ainsi, il est temps de partir!

« Il s'efforça de se lever, mais Everard s'élançant vers lui, le retint en s'écriant: arrêtez, mon père, arrêtez; nous vous apportons de bonnes nouvelles, et le bon prêtre est venu vous les annoncer. Ecoutez-le, mon père, je ne saurais parler.

« Vous! quoi vous, Evérard ! déposez-vous aussi contre moi? Je n'ai cependant jamais levé la main sur vous. Quand ceux que j'ai assassinés se taisent, deviendrez-vous mon accusateur?

« Cependant tout le monde s'était réuni autour de lui, les uns pour le consoler, les autres pour calmer leur propre frayeur; tous brûlant de lui découvrir les nouvelles dont leur cœur était rempli; mais craignant que la secousse ne fût trop forte pour sa raison qui déjà paraissait affaiblie. A la fin, l'ecclésiastique la laissa échapper. Sa profession le rendait moins sensible aux peines d'un époux ou d'un père, mais il sentait qu'une bonne nouvelle devait toujours être agréable de quelque part qu'elle vînt et dans quelque moment qu'elle arrivât.

« Nous avons le testament, s'écria-t-il soudain, le vrai testament de Guzman. L'autre n'était, j'en demande pardon à Dieu et aux saints, que l'ouvrage d'un faussaire : le testament est trouvé; vous et votre famille héritez de toutes ses richesses. Je venais vous l'annoncer, malgré l'heure avancée, quand j'ai rencontré dans mon chemin ce vieillard conduit par votre fils. Comment se fait-il qu'il soit sorti si tard?

« A ces mots, Walberg frémit. Le

prêtre, voyant le peu d'effet que ces paroles avaient fait sur lui, répéta d'une voix aussi élevée qu'il put : Le testament est trouvé !....

« Le testament de mon oncle est trouvé, dit Everard.

« Trouvé ! trouvé ! trouvé ! répéta le vieux grand-père, sans savoir ce qu'il disait, mais imitant ceux qui avaient parlé avant lui, et puis les regardant pour leur demander l'explication de ce qu'il venait lui-même de dire.

« Le testament est trouvé, mon ami, s'écria Inès, à qui cette nouvelle paraissait avoir rendu toute sa raison. N'entendez-vous pas, mon ami ? Nous sommes riches, nous sommes heureux !

Parlez-nous donc, et ne nous jetez pas ce regard égaré. Parlez-nous !

« Une longue pause s'en suivit. A la fin, Walberg, montrant du doigt les personnes qui l'entouraient, dit d'une voix sombre : Quelles sont ces gens ?

« Votre fils, mon ami, et votre père et le bon prêtre. Pourquoi nous regardez-vous d'un air d'incrédulité ?

« Et que sont-ils venus faire ici ? dit Walberg.

« On lui répéta la nouvelle qui venait de lui être apportée ; mais chacun y imprima le sentiment particulier dont il était agité, et leurs discours étaient à peine intelligibles. Enfin, Walberg eut l'air de comprendre vaguement ce qu'on lui disait, et les regardant tour à tour, il poussa un profond soupir. Ils cessèrent de parler et l'examinèrent en silence.

« Des richesses !.... des richesses !.... Elles viennent trop tard !.... Regardez..... regardez ! s'écria t-il, en montrant du doigt la chambre de ses enfans.

« Inès, le cœur agité d'un affreux pressentiment, se précipita dans cette chambre, et vit ses filles couchées par terre et mortes, selon toutes les apparences. Le cri qu'elle jeta, en tombant sur elles, amena à son secours son fils et l'ecclésiastique. Walberg et le vieillard restèrent seuls, se regardant avec des yeux tout-à-fait insensibles. Cette

VI. 4

apathie de l'âge et la stupéfaction du désespoir formèrent un horrible contraste avec les sensations violentes qui agitaient tout le reste de la famille. Il s'écoula un temps assez considérable avant que les jeunes personnes revinssent de leur évanouissement, et un temps plus long encore avant que leur père pût se persuader qu'il était réellement serré dans les bras de ses enfans vivans.

« Pendant toute cette nuit son épouse et ses enfans eurent à lutter contre son désespoir. A la fin, la mémoire parut lui revenir tout à coup. Il versa quelques larmes ; puis se jetant aux pieds de son père, qui était assis dans sa bergère, ses premiers mots furent : O mon père !

pardonnez moi, et il cacha sa tête dans les genoux du vieillard.

« Le bonheur est un puissant reconfortant. Au bout de quelques jours, tout le monde parut calmé. Ils pleuraient encore, mais leurs larmes n'étaient plus douloureuses. Elles ressemblaient à ces ondées d'une belle matinée de printemps qui annoncent une journée chaude et sereine. Les infirmités du père de Walberg décidèrent son fils à ne quitter l'Espagne que quand il l'aurait perdu, ce qui arriva peu de mois après. Il mourut en paix donnant et recevant des bénédictions. Quand on lui eut rendu les derniers devoirs, la famille se mit en route pour l'Allemagne, où elle réside présentement et jouit du sort le plus

heureux; mais Walberg frémit encore
aujourd'hui d'horreur, quand il se rappelle les effroyables tentations qu'il eut
à souffrir de la part de l'étranger qu'il
rencontra dans ses courses nocturnes,
et ce souvenir paraît lui être plus pénible encore que celui de sa famille péris-
sant de besoin. »

Don François d'Aliaga avait écouté
cette lecture avec la plus vive attention.
Quand l'inconnu l'eut finie, il ajouta :
« Je possède encore d'autres relations
concernant cet être mystérieux. Je les ai
recueillies avec peine : car les malheureux, qui sont exposés à ses tentations,
regardent leur aventure comme un crime
et en cachent scrupuleusement toutes les

particularités. Si jamais nous nous revoyons, seigneur, encore je pourrai vous
en raconter quelques-unes, et je vous
réponds que vous ne les trouverez pas
moins extraordinaires que celles que
vous venez d'entendre; mais il est trop
tard ce soir, et vous avez besoin de repos après les fatigues de votre voyage. »
Après avoir parlé ainsi, l'inconnu se
retira.

CHAPITRE XXXV.

DON Francisco resta sur sa chaise, réfléchissant à la singulière relation qu'il venait d'entendre, jusqu'à ce que l'heure avancée, jointe à sa fatigue et à la profonde attention qu'il venait de prêter aux paroles de l'étranger, l'eussent insensiblement plongé dans un profond sommeil. Il ne tarda pas à s'éveiller à un léger bruit qui se fit dans la chambre, et ayant levé les yeux, il aperçut, vis-à-vis de lui, une personne dont les traits lui étaient inconnus, quoiqu'un souvenir vague lui fît croire qu'il les avait

déjà aperçus. Don Francisco ayant té-
moigné par un regard sa surprise, l'é-
tranger lui dit qu'il était un voyageur
que l'on avait introduit par erreur dans
cette chambre; qu'il avait pris la liberté
de s'y reposer un moment, mais que si
sa présence était importune, il était prêt
à se retirer.

Pendant qu'il parlait, Aliaga eut le
temps de l'observer. Il y avait dans l'expression de sa physionomie quelque
chose de remarquable, mais de fort
difficile à expliquer, et ses manières,
quoiqu'elles ne fussent pas aimables ou
prévenantes, avaient une aisance qui paraissait être plutôt le résultat de l'indépendance des idées que de l'usage du
monde.

Don Francisco l'engagea à rester d'un ton grave et froid ; il éprouvait un sentiment de terreur dont il ne pouvait se rendre compte. L'étranger lui rendit son salut de façon à ne pas diminuer cette impression. Un long silence suivit. L'étranger, qui ne s'était pas nommé, fut le premier à le rompre en s'excusant d'une indiscrétion involontaire qu'il avait commise. Assis dans une pièce voisine, il avait entendu, malgré lui, une narration à laquelle il avait pris le plus vif intérêt.

A tous ces complimens, don Francisco ne put répondre que par des salutations cérémonieuses et par des regards inquiets et curieux. Le mystérieux

inconnu n'eut pas l'air d'y faire attention, et resta immobile à sa place.

Un nouveau silence fut encore interrompu par l'étranger.

« Vous écoutiez, ce me semble, »
dit-il, « l'histoire singulière et terrible
d'un être chargé d'une commission que
l'on ose à peine répéter. Il doit, vous
a-t-on dit, tenter les esprits dans la douleur et parvenus aux dernières extrémités des peines mortelles. Il doit les engager à renoncer à toutes leurs espérances de bonheur à venir pour obtenir
une courte rémission de leurs souffrances temporelles. »

« Je n'ai rien entendu de tout cela, » répondit don Francisco, dont la mémoire,
naturellement un peu confuse, n'était

VI. 5

pas devenue plus nette par la longueur de la narration qu'il venait d'entendre et par le sommeil dans lequel il était tombé.

« Rien? » dit l'étranger d'un ton vif et un peu dur, qui fit tressaillir son auditeur, « rien ? Il m'avait pourtant semblé qu'il avait été question d'un être malheureux qui avait fait souffrir, à Walberg, des épreuves plus cruelles, à ses yeux, que celles de la faim. »

« Oui, oui, » dit Aliaga, se rappelant tout à coup cette circonstance, « je me souviens qu'il a été question du démon, de son agent ou de quelque chose..... »

« Seigneur, » reprit l'étranger avec une expression d'ironie sauvage et féroce qu'Aliaga ne remarqua pas, « seigneur, je vous prie de ne pas confondre des personnages, alliés de près à la vérité, mais cependant bien différens ; je veux dire le démon et ses agens. Vous-même, seigneur, quoique vous soyez, sans contredit, catholique orthodoxe, et qu'en cette qualité vous abhorriez l'ennemi du genre humain, vous avez souvent été involontairement son agent, et vous seriez, je pense, bien fâché que l'on vous confondît avec lui. »

Don Francisco fit, à plusieurs reprises, et très-dévotement, le signe de la croix, déclarant qu'il n'avait jamais été l'agent de l'ennemi du genre humain.

« Oseriez-vous le soutenir ? » dit le mystérieux étranger, non point en élevant la voix comme ses paroles pour-

raient le faire supposer, mais en la
baissant au contraire, et en approchant
son siége de celui de son compagnon
surpris. « N'avez-vous jamais erré ?
N'avez-vous jamais éprouvé de sensation impure? N'avez-vous jamais, pour
un moment, entretenu un désir de
haine, de malice ou de vengeance ?
N'avez-vous jamais oublié de faire le
bien, quand vous l'auriez dû ? N'avez-
vous jamais fait le mal que vous n'auriez pas dû faire? N'avez-vous jamais,
dans le commerce, surfait un acheteur
ou profité des dépouilles de votre dé-
biteur mourant de faim ? Tout cela
n'est-il pas vrai, et pouvez-vous encore
dire que vous n'avez pas été un agent
de Satan ? Je vous dis que chaque fois

que vous avez caressé une passion bru-
tale, un désir sordide, une imagination impure, chaque fois que vous avez
prononcé un mot qui a fait de la peine
à un de vos semblables, ou que vous
avez vu couler des larmes que vous n'a-
vez point séchées quand vous l'avez pu,
vous avez été réellement et véritable-
ment l'agent de l'ennemi du genre humain; mais, que dis-je? Ah! c'est à tort
que l'on donne ce titre au grand chef
angélique, à l'étoile du matin tombée
de sa sphère! Quel ennemi plus invé-
téré l'homme a-t-il donc que lui-même?
S'il veut savoir où trouver son ennemi
qu'il se frappe la poitrine, et son cœur
répondra : Le voici. »

L'émotion de l'étranger, en parlant, se

communiqua à son auditeur. Sa conscience, qui d'ordinaire ne parlait que
dans des occasions solennelles, fut vivement agitée. Il répondit, en tremblant,
par une renonciation formelle, à tout
engagement direct ou indirect avec l'esprit des ténèbres ; mais il avoua qu'il
n'avait été que trop souvent la victime
de ses séductions, et il ajouta qu'il espérait obtenir son pardon par son profond
repentir et par l'intercession de l'église.

L'étranger sourit et s'excusa de la
chaleur avec laquelle il avait parlé, en
priant don Francisco de l'interpréter
comme une marque de la part qu'il prenait à ses intérêts spirituels. Cette explication, quoiqu'elle parût commencer
favorablement, ne fut cependant suivie

d'aucune tentative pour renouer la conversation. Les deux voyageurs s'observaient en silence, quand l'étranger, se rappelant le sujet qui l'avait amené, dit:

« Seigneur, je suis instruit de certaines circonstances concernant le personnage extraordinaire qui a poursuivi Walberg dans le temps de son malheur. Ces circonstances ne sont connues que de lui et de moi; je puis même ajouter, sans vanité ou présomption, que je sais, aussi bien que lui-même, tout ce qui a rapport à son étrange existence, et si votre curiosité se trouve excitée par ce que vous avez entendu, il n'y a personne qui soit, mieux que moi, en état de la satisfaire. »

« Je vous remercie, seigneur, » répondit don Francisco, qui sentait sans savoir pourquoi son sang se glacer dans sesveines aux discours de l'étranger et au ton dont ils étaient prononcés. « Ma curiosité a été pleinement satisfaite par le récit qne je viens d'entendre. La nuit est avancée et il faut que je reparte demain matin. Je vous engage donc à remettre les détails que vous voulez me donner à notre prochaine réunion. »

Il s'était levé de son siége en partant, espérant que l'étranger comprendrait ce signal et qu'il se retirerait; mais il restait immobile à sa place. A la fin il s'écria, comme sortant d'une profonde rêverie : « Quand nous reverrons-nous?»

Don Francisco qui n'éprouvait guère de désir de cultiver sa connaissance, lui

dit froidement qu'il se rendait aux environs de Madrid, et qu'il allait re-
trouver sa famille qu'il n'avait pas vue
depuis plusieurs années ; que forcé d'attendre des lettres d'un parent et des avis
de quelques-uns de ses correspondans,
il ne savait pas combien long-temps il
serait en route, et qu'en conséquence il
lui était fort difficile de fixer l'époque à
laquelle il pourrait avoir l'honneur de
revoir sa seigneurie.

« Cela vous est difficile, » dit l'é-
tranger en se levant et en jetant son
manteau sur son épaule, tandis que d'un
œil effrayant il regardait fixément son
pâle auditeur. « Vous ne pouvez déter-
miner cette époque.... Mais je le puis.

Don Francisco d'Aliaga, nous nous reverrons demain soir ! »

Aliaga, debout comme lui, contemplait d'un regard troublé les yeux éclatans de l'étranger. Tout à coup, ce dernier, qui déjà était à la porte, se rapprocha de lui et lui dit d'une voix basse et mystérieuse :

« Seriez-vous bien aise de connaître le sort de ceux dont la curiosité ou la présomption veut percer les secrets de cet être mystérieux, et qui osent toucher aux plis du voile dont l'éternité a couvert sa destinée? Si vous l'êtes, regardez ! »

En achevant ces mots il montra du doigt une porte que don Francisco re-

connut pour être celle par laquelle
l'autre étranger qui lui avait lu l'histoire
de Walberg s'était retiré. Obéissant
machinalement à ce signe, plutôt qu'à
sa propre volonté, Aliaga suivit l'inconnu. Ils entrèrent dans l'appartement
qui était petit, sombre et désert. L'é-
tranger prit une chandelle, dont la
faible lumière tomba sur un grabat, où
gisait le cadavre d'un homme mort depuis peu.

« Regardez ! » dit-il ; et Aliaga plein
d'horreur reconnut l'individu avec lequel il avait passé une partie de cette
même soirée. Il n'était plus !

« Avancez !... regardez !... observez ! »
continua l'étranger, en s'approchant du
lit et arrachant le drap qui couvrait l'in-

fortuné enseveli dans un sommeil éternel. « Il n'y a aucune marque de violence ; ses traits ne sont point défigurés
par des convulsions. La main de l'homme
ne l'a point touché. Il a recherché la
possession d'un terrible secret ; il l'a
obtenue ; mais il l'a payée d'un prix
que les mortels ne peuvent payer qu'une
fois. Périssent ainsi tous ceux dont la
présomption excède le pouvoir ! »

En regardant ce spectacle, Aliaga sentit un moment le désir de réveiller les gens
de la maison et d'accuser l'étranger de
meurtre ; mais il en fut empêché par un
mélange de sentimens qu'il ne put ana-
lyser et qu'il n'osa s'avouer ; il continua
donc pendant quelque temps à regarder
alternativement le cadavre et l'inconnu.

Ce dernier, montrant du doigt cet objet douloureux, comme s'il eût voulu faire entendre le danger d'une curiosité imprudente ou d'une découverte inutile, répéta ce qu'il avait dit auparavant : « Nous nous reverrons demain soir ; » après quoi il partit.

Aliaga harrassé de fatigue et de mille émotions diverses, s'assit à côté du mort et s'y assoupit. Il ne fut réveillé de ce sommeil léthargique que par l'entrée des domestiques de l'auberge. Ceux-ci témoignèrent vivement leur surprise du spectacle qui s'offrait à eux. Le nom et les richesses d'Aliaga étaient trop connus pour qu'aucun soupçon pût s'attacher à lui. On couvrit le corps d'un drap et on emmena don Francisco dans une autre pièce et l'on eut pour lui les plus grandes attentions.

Dans l'intervalle, l'Alcade étant arrivé et ayant appris que la personne qui venait de mourir subitement dans l'auberge était un inconnu, un homme de lettres, sans importance publique ou particulière, tandis que celle que l'on avait trouvée à côté de son lit était un riche marchand, saisit promptement sa plume dans l'écritoire qu'il portait suspendue à son pourpoint, et écrivit, qu'un homme était mort dans l'auberge, mais que l'on ne pouvait point soupçonner don Francisco d'Aliaga de meurtre.

Le lendemain matin, comme le seigneur Aliaga, fort de cet arrêt, montait sur sa mule, il observa une personne qui ne paraissait pas appartenir à l'auberge et qui, cependant, se donnait beaucoup de peine pour ajuster ses étriers. Cette personne s'approcha tout-à-coup de son oreille et lui dit à voix basse: » Nous nous reverrons ce soir! »

A ces mots don Francisco retint sa mule qui allait partir et regarda autour de lui, mais il ne vit plus que les gens de l'auberge. Le seigneur Aliaga passa la plus grande partie de cette journée à cheval. Le temps était doux et ses domestiques lui tenant de temps en temps de larges parasols sur la tête lui rendaient la chaleur supportable. Son absence avait été si longue qu'il avait entièrement oublié son chemin et qu'il était obligé

de se fier à un guide, ce qui ne l'empêcha
pas de s'égarer. Le jour baissait et rien
n'indiquait encore le lieu où ils se trouvaient. Don Francisco dépêcha ses domestiques de différens côtés, et le guide
les suivit aussi promptement que son
mulet fatigué le permit, de sorte qu'A-
liaga, après avoir attendu pendant assez
long-temps, regarda autour de lui et se
trouva seul. Ni l'aspect du temps, ni le
lieu où il se trouvait n'étaient faits pour
l'égayer. La soirée était obscure et ra-
fraîchie par de fréquentes ondées. Des
nuages noirs s'amoncelaient sur le sommet des rochers et offraient une triste
perspective aux yeux du voyageur.

Don Francisco laissa flotter les rênes
sur le col de sa mule et se contenta d'im-

plorer pieusement la Sainte-Vierge. Il
piqua des deux et galoppa dans un dé-
filé pierreux où les fers de sa monture
battaient le briquet à chaque pas, tandis que l'écho de sa marche le faisait
trembler par l'idée qu'il était poursuivi
par une troupe de brigands. La mule
ainsi excitée continua à galopper jusqu'à
ce que son cavalier, fatigué et incommo-
dé par la promptitude de sa course,
voulut la ralentir un peu en entendant
un autre voyageur qui paraissait le suivre de près ; la mule s'arrêta sur-le-champ.
On dit que ces animaux ont un instinct
particulier qui leur fait reconnaître à
leur approche les êtres qui ne sont pas
de ce monde. Quoi qu'il en soit la mule
de don Francisco resta immobile comme

si ses pieds eussent été cloués à la route,
jusqu'à ce que l'approche du voyageur
étranger la remît une seconde fois au
galop; mais celui-ci dont la course semblait être plus prompte que celle d'aucun
mortel, avançait rapidement, et au bout
de quelques instans une figure étrange
se trouva à côté de don Francisco.

C'était un homme qui ne portait point
le costume ordinaire d'un cavalier, mais
un manteau si large qu'il couvrait presque les flancs de sa bête. Aussitôt qu'il
fut près d'Aliaga, il découvrit sa tête et
ses épaules, et se tournant vers lui, fit
voir les traits du voyageur mystérieux
de la nuit précédente.

« Nous nous revoyons, seigneur, »
dit-il avec ce sourire qui lui était parti-

culier, « et j'ose croire que c'est un
bonheur pour vous, car votre guide
s'est sauvé avec l'argent que vous lui
aviez avancé pour ses services, et vos domestiques, qui ne connaissent point les
défilés de ces rochers, errent dans le
plus grand embarras. Si vous voulez
m'accepter pour guide, j'ai lieu de
croire que vous n'aurez qu'à vous féli-
citer de votre rencontre. »

Don Francisco qui sentait qu'il ne
lui restait point de choix, consentit en
silence et continua, quoiqu'avec répugnance, sa route à côté de son étrange
compagnon. Ce silence fut enfin interrompu par l'étranger qui indiqua du
doigt le village où don Francisco avait
l'intention de passer la nuit. Il lui fit

voir en même temps ses domestiques
qui venaient à sa rencontre, après avoir
fait aussi la même découverte.

. Cette circonstance ayant rendu à
Aliaga son courage, il poursuivit sa
route avec plus de confiance, et il commença à prêter l'oreille avec plaisir à
la conversation de l'inconnu. Il voyait
d'ailleurs, que quoique le village ne fût
pas éloigné, les détours de la route ne
leur permettraient pas d'arriver encore
d'assez long-temps. L'étranger résolut
de profiter de la conjoncture. Il développa tous les trésors de son esprit riche
et cultivé; il parlait tantôt de sujets
indifférens, et tantôt il développait une
connaissance approfondie des divers
pays de l'Orient dans lesquels Aliaga

avait voyagé, de sorte que celui-ci bannissant la' frayeur qu'il avait éprouvée à leur première rencontre, apprit avec une sorte de plaisir, mêlé cependant de quelques souvenirs pénibles, que l'étranger devait passer la nuit dans la même auberge que lui.

Pendant le souper, l'étranger redoubla d'efforts pour se concilier son amitié, et il y réussit au delà de ses espérances. Il faut avouer d'ailleurs, qu'il ne manquait jamais de plaire dès qu'il voulait s'en donner la peine. On a déjà plusieurs fois dépeint le charme de sa conversation ; et durant cette soirée, afin que rien ne manquât à ce charme, il évita soigneusement ces écarts auxquels il se livrait parfois, ces

explosions féroces de misantropie, cette
ironie amère et brûlante par laquelle
il se plaisait souvent à interrompre son
discours, et à confondre ses auditeurs.

Aliaga passa donc fort agréablement
la soirée, et ce ne fut que quand le
souper fut desservi, et la lampe placée
sur la table devant laquelle l'étranger
et lui étaient assis, que le spectacle affreux de la nuit précédente se présenta à ses yeux comme une horrible vision.
Il crut revoir le cadavre qui lui faisait
signe de fuir la société de l'étranger.
L'illusion se dissipa; il leva les yeux;
ils étaient seuls. Il se prépara, avec les
efforts les plus pénibles, dans lesquels
sa frayeur fut souvent sur le point de
vaincre sa politesse, à écouter le récit

auquel l'étranger avait plusieurs fois fait
allusion, et qu'il paraissait désirer vivement de lui faire.

. Enfin l'étranger prenant un air d'intérêt et de gravité qu'Aliaga ne lui avait
jamais vu, dit : « Seigneur, je ne vous
forcerais pas à prêter de l'attention à
un récit qui peut-être aura peu d'attrait
pour vous, si je ne pensais pas que les
détails que je vais vous donner, vous
tiendront lieu d'un avertissement terrible, salutaire et efficace. »

« A moi ! » s'écria don Francisco
rempli d'horreur à la seule pensée que
le tentateur des âmes pût jamais vouloir s'attacher à la sienne.

— « Pas à vous directement, mais à
une personne pour qui vous sentez peut-

être plus d'affection que pour vous-même.
Maintenant, respectable Aliaga, puisque
vos craintes personnelles sont dissipées,
asseyez-vous et écoutez mon histoire.
Vos lectures et surtout vos liaisons de
commerce, vous ont sans doute fait
connaître l'Angleterre, l'histoire de ses
habitans, leurs usages et leurs coutumes.
C'est chez eux que cette aventure s'est
passée. »

Aliaga ne répondit rien, et l'étranger
commença en ces mots :

~~~~~~

CHAPITRE XXXVI.

HISTOIRE DES AMANS.

« Dans une province de ce pays appelée Shropshire, était situé le château de Mortimer, demeure d'une famille qui prouvait sa noblesse depuis le temps de la conquête des Normands sans avoir jamais hypothéqué un seul arpent de terre, ou coupé un seul arbre de haute futaie, ou battu une seule fois la chamade dans le cours de cinq siècles. Il est certain que la famille de Mortimer, par son pouvoir, son ascendant, ses

VI.   7

richesses immenses et son esprit indépendant, s'était rendue tour-à-tour for-
midable à tous les partis qui avaient
possédé ou recherché la puissance sou-
veraine en Angleterre.

A l'époque de la réformation, sir
Roger Mortimer, descendant de cette
illustre famille, embrassa vivement la
cause des réformateurs, et il y fut peut-
être autant poussé par son attachement
à son prince que par le sentiment de sa
conscience. Durant le court règne d'E-
douard, sa famille fut protégée et ca-
ressée; mais sous celui de Marie, elle
fut opprimée, menacée; elle éprouva
des confiscations, et le pieux sir Edmond, successeur de sir Roger, après
avoir vu deux de ses domestiques périr

sur le bûcher, ne sauva qu'avec peine sa propre vie.

A quelque cause que sir Edmond dût sa sûreté, il n'en jouit pas long-temps. Les scènes affreuses dont il avait été témoin attaquèrent sa santé ; il se retira dans son château de Mortimer, et y mourut oublié.

Son successeur, pendant le règne de la reine Elisabeth, défendit fortement les droits des réformateurs et murmura quelquefois contre ceux de la préroga-tive royale. Sous Jacques premier, les Mortimer jouèrent un rôle encore plus marquant. L'influence des Puritains augmentait de jour en jour. Sir Arthur partageait la haine qu'ils inspiraient au roi, et ne prévoyait que trop les trou-

bles auxquels cette secte donnerait lieu,
quoiqu'il ne vécut pas assez long-temps
pour en être témoin. Son fils, sir Roger
Mortimer, était aussi inébranlable dans
son orgueil que dans ses principes. Il fut
le zélé défenseur de Laud et l'ami intime de l'infortuné Strafford. Quand la
guerre éclata entre le roi et le parlement, sir Roger embrassa la cause
royale de cœur et d'action; cinq cents
de ses vassaux, équipés à ses frais, as-
sistèrent aux batailles d'Edgehill et de
Marston-moor.

Il avait perdu sa femme, mais sa
sœur, mademoiselle Anne Mortimer,
présidait à sa maison. Remarquable
par sa beauté, son esprit et la dignité
de son caractère, elle n'était pas moins

attachée que son frère à la cause de la
cour, dont elle avait été autrefois le
plus bel ornement et à laquelle elle
avait rendu de grands services par ses
talens, son courage et son activité.

Le temps arriva cependant où la valeur et le rang, la fidélité et la beauté
devaient voir également échouer leurs
efforts. Des cinq cents braves que sir
Roger avait fait entrer en campagne
pour son souverain, il n'en ramena dans
son château que trente vétérans blessés
et mutilés; et cela après que le roi Charles
se fut décidé à se remettre dans les mains
des Écossais, mécontens et mercenaires,
qui le vendirent au parlement pour les
arrérages de leur solde.

Le règne de la rébellion ne tarda pas

à commencer, et sir Roger, royaliste distingué, en éprouva personnellement tous les fléaux. Séquestres et compositions, amendes pour malveillances, et emprunts forcés pour l'appui d'une cause qu'il détestait, épuisèrent les coffres et abattirent le courage du vieux royaliste. Des peines domestiques se joignirent au reste de ses chagrins. Il avait trois enfans. Son fils aîné, qui avait péri en combattant pour son roi à la bataille de Newbury, laissa une fille en bas âge que l'on regardait alors comme l'héritière de biens immenses. Son second fils avait embrassé la cause des Puritains, et tombant d'erreur en erreur, il avait fini par épouser la fille d'un indépendant dont il adopta même la croyance , selon la coutume du temps, il combattait le jour à la tête de son régiment et prêchait toute la nuit, se conformant ainsi strictement au verset du psaume : « Que les louanges de Dieu soient dans leur bouche et l'épée à deux tranchans dans leur main ! » Mais ce double exercice de l'épée et de la parole surpassa les forces du saint militant ; un jour à l'issue d'un combat où il s'était échauffé, il fit en plein air un sermon qui dura près de deux heures, ce qui lui occasiona une pleurésie qui l'emporta en trois jours. Ainsi que son frère, il laissa une fille qui était restée avec sa mère par qui elle fut élevée.

La douleur que sir Roger éprouva à

la mort de ses deux fils fut amortie à peu
peu près au même degré, mais par des
raisons bien différentes. La cause qui
avait coûté la vie au premier lui offrit
une ample consolation, tandis que celle
qu'avait embrassée l'*apostat*, nom que
le second avait reçu de son père, ne
lui permit pas de ressentir de biens vifs
regrets de sa perte. Aussi quand ses
amis voulurent s'affliger avec lui de la
mort de son fils aîné, il leur dit : « Ce
n'est pas celui-là ; c'est l'autre qu'il faut
pleurer. » Mais les larmes qu'il répandait avaient, à cette époque, une autre
cause encore.

Il n'avait qu'une fille, qui, pendant
son absence et en dépit de la vigilance
de mademoiselle Anne, s'était laissée

engager, par les domestiques puritains
d'une famille du voisinage, à assister
aux sermons d'un prédicateur indépendant nommé Sandal. Il était sergent
dans le régiment du colonel Pride, et
dans les intervalles de ses exercices mi-
litaires, il débitait ses exhortations dans
une grange. Cet homme était né orateur,
et avait naturellement beaucoup d'enthousiasme. Selon la coutume de son
siècle, il avait pris une phrase entière
pour prénom, et s'était par conséquent
appelé : *Tu-n'es-pas-digne-de-délier-
les-cordons-de-ses-souliers* SANDAL.

Ce fut aussi le texte du sermon qu'il
prêcha la première fois que la fille de sir
Roger Mortimer l'entendit, et son éloquence eut tant d'effet sur elle qu'oubliant

la dignité de sa naissance et le royalisme
de sa famille, elle unit son sort à celui
de cet homme de basse extraction. Cependant Sandal n'était pas si ferme dans
ses opinions religieuses qu'il n'embras-
sât tour à tour celles de presque toutes
les sectes qui se partageaient à cette époque l'Angleterre. Il suivit le célèbre
Hugues Peters, le quitta pour se faire
antinomien, puis millénaire, puis enfin caméronien, traînant partout sa
femme avec lui, jusqu'à ce qu'enfin il
mourut laissant un fils unique. Sir Roger annonça à sa fille qu'il était irrévocablement résolu à ne plus la revoir;
mais il promit de prendre soin de son
enfant, si elle voulait le lui confier. Les
finances de la veuve Sandal ne lui per-

mirent pas de refuser l'offre du père
qu'elle avait abandonné.

C'est ainsi que les trois petits-enfans
de sir Roger, nés sous des auspices si
différens, se trouvèrent dans leur tendre jeunesse réunis au château de Mortimer. Marguerite Mortimer, fille du
fils aîné, belle, spirituelle, courageuse,
avait hérité de la fierté, des principes
aristocratiques et de toutes les richesses
qui restaient à sa famille. Eléonore Mortimer, fille de l'apostat, était plutôt
soufferte qu'accueillie dans le château ;
elle avait été élevée dans les idées les
plus sévères de ses parens indépendans :
enfin, John Sandal, fils de la fille re-
poussée, n'avait été admis chez sir Roger qu'à condition qu'il s'attacherait à

la fortune de la famille royale, alors
bannie et persécutée. En conséquence,
son aïeul avait renoué sa correspon-
dance avec quelques émigrés alors en
Hollande, afin qu'ils obtinssent une
place pour son protégé, qu'en emprun-
tant le langage des prédicateurs puritains, il disait être un tison enlevé aux
flammes.

Telle était la position des habitans du
château, quand ils reçurent la nouvelle
des heureux efforts de Monk en faveur
de la famille royale. Le succès en fut
rapide. La restauration eut lieu peu de
jours après, et la famille de Mortimer
jouissait d'une si grande considération,
qu'un exprès fut expédié de Londres
pour lui en porter l'avis. Il arriva pen-

dant que sir Roger, qui avait été obligé de renvoyer son chapelain parce qu'il avait excité les soupçons du parti triomphant, lisait lui-même la prière à sa famille. Le retour et le rétablissement de Charles II lui fut annoncé. Le vieux royaliste, qui était à genoux, se leva, secoua son bonnet dont il avait respectueusement dépouillé sa tête blanchie, et changeant tout à coup son ton suppliant pour des accens de triomphe, il s'écria : « C'est maintenant, Seigneur, que vous laisserez mourir en paix votre serviteur selon votre parole, puisque mes yeux ont vu le sauveur que vous nous donnez! »

En parlant, le vieillard tomba sur le coussin que mademoiselle Anne avait posé sous ses genoux. Ses petits-enfans se levèrent pour le soutenir; il était trop tard : son âme s'était envolée dans sa dernière exclamation.

La nouvelle, qui fut la cause de la mort du vieux sir Roger, fut le signal et le gage du rétablissement de cette antique famille dans ses honneurs et ses richesses. Faveurs, remises d'amendes, restitution de terres et d'effets, offres de pensions, récompenses; en un mot, tout ce qu'une reconnaissance royale, dans le moment de l'enthousiasme peut donner, vint pleuvoir sur la famille avec plus de promptitude que les amendes, les confiscations et les séquestres ne l'avaient accablée sous le règne de l'usurpateur.

Ainsi, mademoiselle Marguerite Mortimer fut de nouveau reconnue en qualité de noble et opulente héritière du château. Elle reçut de nombreuses invitations pour se rendre à la cour ; mais elle les rejeta toutes en disant à sa tante : « C'est du haut de ces tours que mon aïeul conduisit ses vassaux et ses fermiers au secours de son roi ; c'est vers ces tours qu'il ramena ceux que la guerre avait épargnés, quand la cause royale parut à jamais perdue ; c'est ici qu'il a vécu et qu'il est mort pour son souverain ; c'est ici que je veux vivre et mourir. Je sens que je serai plus utile à S. M. en résidant pans mes terres et en protégeant mes vassaux, qu'en fré-

quentant les promenades de Londres et
les bals de la cour. »

En parlant, mademoiselle Marguerite
reprenait sa tapisserie, et mademoiselle
Anne la regardait avec des yeux qui disaient plus que des paroles.

Quand il fut bien décidé que mademoiselle Marguerite n'irait point à Londres, la famille reprit ses anciennes habitudes d'une noble régularité, telles
qu'il convenait à une maison magnifique
et bien ordonnée, à la tête de laquelle se
trouvait une jeune personne illustre;
mais cette régularité était sans rigueur
et sans apathie. Les esprits de ces nobles dames étaient trop accoutumés à
de hautes pensées et à des images de

grandeur, pour que la solitude leur cau-
sât de l'ennui ou du chagrin. Je crois les
voir encore telles que je les vis une fois.
Elles occupaient un appartement vaste,
mais d'une forme irrégulière, boisé en
chêne, richement sculpté et noir comme
l'ébène. Mademoiselle Anne Mortimer
était assise dans l'embrasure d'une fenêtre, dont les carreaux supérieurs
offraient, richement coloriés, les armes
des Mortimer et quelques hauts faits des
héros de la famille. Sur ses genoux elle
tenait un livre qu'elle prisait beaucoup,
l'*Histoire des Martyrs de Taylor*. Son
œil y restait attentivement fixé, et la
lumière, passant à travers les vitraux
peints, répandait sur ses pages un éclat
d'or, d'azur et de vermillon qui lui don-

nait l'apparence du missel le plus richement orné de miniatures.

Non loin d'elle ses deux petites
nièces travaillaient à des ouvrages d'aiguille, et leur conversation était aussi
instructive qu'intéressante. Elles par-
laient des pauvres qu'elles avaient visi-
tés et secourus; des récompenses qu'elles
avaient distribuées parmi les ouvriers in-
dustrieux et économes; des livres qu'elles
avaient étudiés, et dont la bibliothèque
bien fournie leur offrait une ample col-
lection.

Sir Roger avait également cultivé les
lettres et les armes. Il avait coutume de
dire qu'il tenait à avoir un riche ar-
senal en temps de guerre et une riche
bibliothèque en temps de paix : aussi,

tous les malheurs qu'il éprouva, pendant les dernières années de sa vie, ne l'empêchèrent-ils pas d'augmenter la sienne tous les ans.

Ses petites-filles, dont il avait surveillé lui-même l'éducation, lisaient couramment le latin et le français. Elles connaissaient à fond la littérature de ces deux langues, ainsi que celle de leur langue maternelle. Leur retraite se trouvait donc charmée par les agrémens qui résultent du mélange judicieux des occupations utiles avec les goûts littéraires.

Mademoiselle Anne Mortimer servait de commentaire vivant à tout ce qu'elles lisaient et à toutes leurs conversations. La sienne, riche en anecdotes, exacte jusqu'à devenir parfois minutieuse, s'élevait jusqu'à l'éloquence la plus haute, quand elle racontait les faits des temps passés. Ses nièces y trouvaient alors réunis l'instruction de l'histoire et le charme de la poésie.

Mais c'était quand elle parlait des événemens dont elle avait été elle-même témoin, que ses discours devenaient attachans. Mademoiselle Anne Mortimer avait beaucoup à conter et contait bien. Elle peignait, avec les couleurs les plus vives, tous les détails de la guerre civile. Elle parlait du jour où elle était montée en croupe derrière son frère sir Roger, pour aller à la rencontre du roi à Shrewsbury, et elle répétait presque les cris qui retentirent dans cette ville fidèle, quand on vit arriver la vaisselle que l'université d'Oxford envoyait à la monnaie pour être consacrée au service du roi.

De toutes ces anecdotes historiques, celles auxquelles mademoiselle Anne mettait le plus de prix, étaient celles qui intéressaient sa propre famille. Elle parlait de la vertu et de la valeur de son frère sir Roger avec une onction qui se communiquait à ses auditeurs, et Eléonore elle-même, nonobstant le puritanisme dans lequel elle avait été élevée, pleurait en l'écoutant. L'histoire qu'elle se plaisait surtout à répéter, était celle de la nuit que le roi avait passée dans le château. Sir Roger était absent. Elle y était seule avec sa mère lady Mortimer, alors âgée de soixante-quatorze ans. Le roi arrive déguisé. Milady fit ce qu'elle

put pour le bien recevoir. Elle étendit
sur son lit son plus riche manteau de
velours, doublé d'hermine, en guise de
courte-pointe. Puis se rendant à l'ar-
senal, elle distribua à ses domestiques
les armes qu'elle y trouva, en les suppliant, par tout ce qu'ils avaient de plus
sacré, de bien défendre leur roi. Une
bande de fanatiques, après avoir pillé
l'église voisine, arriva devant le château,
et demanda à grands cris l'*homme !*
Lady Mortimer pria un jeune officier
français, qui servait dans le corps du
prince Robert, et qui était logé mili-
tairement au château depuis deux jours,
d'en prendre le commandement. Ce jeune
homme, âgé seulement de dix-sept ans,
fit des prodiges de valeur ; mais, n'ayant

pu empêcher les ennemis de pénétrer dans le vestibule, il vint mourir aux pieds du fauteuil de lady Mortimer, en disant: «J'ai fait mon devoir.» Dans l'intervalle, le roi s'était sauvé sur le meilleur cheval des écuries de milady; et les rebelles, après avoir parcouru le château dans tous les sens, n'y trouvant point le prince qu'ils cherchaient, furent si furieux, qu'ils amenèrent une pièce de canon dans le vestibule, menaçant d'y mettre le feu, ce qui aurait fait écrouler la plus grande partie du château. Lady Mortimer regardait tout avec le plus grand sang-froid; mais, s'étant aperçue que l'on avait par hasard pointé le canon précisément contre la porte par laquelle le roi s'était sauvé, elle se leva

sur-le-champ ; et, se mettant devant la
bouche, elle s'écria : « Pas par-là ! vous
ne tirerez pas de ce côté ! » et, en parlant,
elle tomba morte de saisissement.

Telle était la glorieuse et touchante
relation que Mademoiselle Anne faisait,
en montrant du doigt les divers lieux
où chaque fait s'était passé, et qui tirait
constamment des larmes de douleur et
d'admiration des yeux de tous ceux qui
l'écoutaient.

Mais elle ne se bornait pas à des récits
guerriers. Parfois aussi elle peignait les
fêtes de la cour et nommait les principa-
les beautés dont les charmes inspirèrent
les chants des poètes du siècle et surtout
de l'aimable Waller. Souvent aux réti-
cences qu'elle se permettait, on devinait

que parmi ces beautés, mademoiselle Anne Mortimer elle-même n'avait pas joué le rôle le moins remarquable.

Marguerite et Eléonore l'écoutaient avec un intérêt égal, quoiqu'avec des sentimens bien différens. Marguerite, belle, vive, hautaine et généreuse, ressemblant pour le physique et pour le caractère, à son aïeul et à sa tante, aurait pu écouter sans cesse des récits de ce genre : car ils confirmaient ses principes, ils consacraient en quelque manière les sentimens dont son cœur était rempli, et faisaient de son enthousiasme une sorte de vertu à ses yeux. Le royalisme et l'église anglicane étaient pour elle des conditions indispensables du juste et de l'honnête.

VI. 9

Eléonore, au contraire, élevée au sein des discussions populaires, s'était accoutumée de bonne heure à voir parmi les hommes des opinions différentes et des principes opposés. Depuis son admission sous le toit de son aïeul, elle avait acquis encore plus d'humilité et de patience. Forcée d'entendre décrier les opinions auxquelles elle était attachée et les hommes qu'elle respectait, elle gardait le silence de la réflexion ; et elle finit par conclure qu'il y avait eu indubitablement beaucoup de vertu de part et d'autre, que de grandes et de nobles qualités devaient se rencontrer dans les deux partis, puisque tous deux avaient offert de vastes génies et des hommes d'une grande énergie.

Malgré l'influence de son éducation primitive, Eléonore savait apprécier les avantages de sa résidence dans le château de son aïeul. Elle aimait la littérature et la poésie; elle avait de l'imagination et de l'enthousiasme, et elle s'y livrait en liberté, soit qu'elle parcourût les scènes pittoresques de la nature dans les campagnes environnantes, soit qu'elle prêtât l'oreille aux récits chevaleresques des habitans du château. Les tableaux qui l'entouraient étaient bien différens de ceux dont elle avait été témoin dans son enfance. Les chambres tristes et étroites, privées de toute espèce d'ornement, les vêtemens bizarres, les visages austères, le langage menaçant, la fureur polémique de ceux qui

les habitaient, lui avaient inspiré des
sentimens qu'elle se reprochait, sans
chercher à les bannir. Quoique irrévocablement attachée au calvinisme dans
le cœur, et saisissant toutes les occasions
d'écouter les sermons des prédicateurs
non conformistes, elle avait adopté dans
sa conduite les goûts littéraires et la
noble politesse qui convenaient à la des-
cendante des Mortimers.

Le genre de beauté d'Eléonore, quoique différent de celui de sa cousine
était cependant fort remarquable. Celle
de Marguerite était noble et triom-
phante; chacun de ses mouvemens offrait une grâce dont elle semblait intérieurement convaincue; chaque regard
exigeait un hommage et l'obtenait à

l'instant même. Eléonore était pâle, contemplative et touchante ; ses cheveux étaient noirs comme du jais ; les milliers de boucles qu'ils formaient, d'après la mode du temps, semblaient toutes avoir été tournées par la main de la nature, et lors qu'en secouant la tête, elle découvrait ses yeux on eût dit deux étoiles brillant au milieu des ombres de la nuit.

Elle portait de riches vêtemens, car sa tante mademoiselle Anne le voulait ainsi. Jamais rien, même au sein de l'adversité, n'avait pu engager cette illustre et respectable demoiselle à se relâcher de la rigueur de son costume, et elle aurait cru profaner le service de l'Eglise, si elle y avait assisté autrement qu'en robes de satin ou de velours, qui,

semblables aux anciennes cottes d'armes,
auraient pu se tenir debout. Il y avait
dans la tendre harmonie de la forme et
des mouvemens d'Eléonore, un air de
douceur et de soumission; dans son sourire, une mélancolie pleine de grâce;
dans son regard, une supplication que
nul cœur humain ne pouvait entendre
sans y céder. Il n'y a plus qu'un mot à
dire pour achever la description de la
beauté d'Eléonore. Ce feu qui brillait
dans ses yeux était un secret pour elle-
même; elle sentait, mais elle ne savait
point ce qu'elle sentait.

Elle se rappelait que lors de ses premières visites au château, son grand-
père et sa tante, qui ne pouvaient oublier la basse extraction et les principes

fanatiques de son père, l'avaient traitée
avec assez de hauteur, tandis qu'au milieu de l'austère réserve que lui témoignait sa famille, son cousin John Sandal avait été le seul qui lui eût parlé avec
tendresse et qui eût jeté sur elle un regard de compassion. Elle se rappelait
aussi qu'il l'avait soulagée dans ses
études et qu'il avait pris part à toutes ses
récréations.

John Sandal, qui était d'une figure
charmante, avait voulu servir dans la
marine. On l'avait en conséquence fait
partir très-jeune, et depuis ce temps, il
n'avait point reparu au château. A la
restauration, l'influence de la famille
de Mortimer, jointe à ses propres ta-

lens et à son courage, lui procurèrent un
prompt avancement. Son importance
augmenta dès-lors aux yeux de la famille, où, auparavant, il n'avait été que
toléré. Mademoiselle Anne Mortimer,
elle-même, commença à témoigner le
désir de recevoir des nouvelles de son
brave neveu John. Quand elle parlait
ainsi les yeux d'Eléonore se fixaient sur
les siens avec un éclat inusité; mais son
cœur éprouvait en même temps une op-
pression, dont elle ne pouvait se sou-
lager qu'en se dérobant à la présence
de sa tante pour pleurer. Ce sentiment ne
tarda pas à acquérir une nouvelle force.
La guerre avec la Hollande se déclara,
et malgré sa jeunesse, le nom du capi-

taine John Sandal brilla parmi ceux
des officiers destinés à ce mémorable
service.

Mademoiselle Anne, long-temps accoutumée à n'entendre prononcer les
noms des membres de sa famille que
réunis à des faits héroïques, éprouva
de nouveau cette élévation de l'âme
qu'elle avait ressentie jadis; mais cette
fois accompagnée des présages les plus
heureux! Quoique déjà d'un âge avancé,
quand elle entendait raconter les détails
de la valeur de son jeune parent, son pas
redevenait ferme, sa taille se redressait
et ses joues reprenaient quelques-unes
des teintes de sa jeunesse.

La généreuse Marguerite partageant
cet enthousiasme qui lui faisait oublier

tout sentiment personnel quand il s'a-
gissait de la gloire de sa famille et de son
pays, entendait parler des périls de
son cousin, dont elle ne gardait presque
plus de souvenir, avec une confiance
hautaine qui lui disait qu'il les braverait
comme elle les aurait bravés si elle avait
été comme lui le dernier descendant
mâle de la famille de Mortimer. Éléonore tremblait et pleurait, et quand
elle était seule elle priait avec ferveur.

On remarqua cependant que l'intérêt respectueux avec lequel elle avait
jusqu'alors prêté l'oreille indifférem-
ment à tous les récits de mademoiselle
Anne, n'était plus guère excité que par
ceux où il était question des héros qui
avaient illustré la famille par des expé-

ditions maritimes. La tante ne demandait pas mieux que de la satisfaire et
parmi les portraits de famille qui tapis-
saient la grande galerie, elle indiqua ceux
dont les originaux avaient rencontré
des aventures parfois prospères et parfois désastreuses en cherchant à réaliser
les bruits merveilleux répandus dans le
public au sujet du monde nouvellement
découvert. Un jour elle racontait que
l'un de ses oncles, après avoir accom-
pagné sir Walter Raleigh dans sa malheureuse expédition, était mort de
chagrin en apprenant la triste destinée
de ce navigateur, quand Eléonore saisit
le bras de sa tante et la supplia de cesser.
Elle lui demanda ensuite, d'une voix
altérée, pardon de la liberté qu'elle ve-

nait de prendre, prétexta une indispo-
sition et se retira dans sa chambre.

Du moment où l'on reçut la nouvelle
des entreprises de De Ruyter et de la
sortie de la flotte sous les ordres du duc
d'York, l'attente d'une augmentation
de gloire pour la famille s'accrut dans
le cœur de l'héritière et de mademoiselle
Anne, et la profonde et douloureuse
émotion d'Eléonore s'augmenta. Enfin
un exprès envoyé par le roi Charles lui-
même arriva au château de Mortimer.
Il annonça que la victoire avait été
complette, et que le capitaine John
Sandal s'était *couvert d'honneur*. Au
plus fort du combat, il avait porté un
message de lord Sandwich au duc
d'York. Les boulets sifflaient autour de

lui, et les plus anciens officiers avaient
refusé la périlleuse commission. Quand
le vaisseau amiral hollandais sauta, il s'é-
tait jeté au milieu de l'explosion afin de
sauver les malheureux qui luttaient à
la fois contre les eaux et le feu. Bientôt
après il s'était élancé au-devant du bou-
let qui, après avoir menacé les jours
du duc, termina d'un coup ceux du
comte de Falmouth, de lord Muskerry
et de M. Boyle; puis d'une main ferme
il essuya les habits du prince tout cou-
verts du sang de ses amis.

Mademoiselle Anne s'écria : « C'est
un héros! » Éléonore dit tout bas :
« C'est un chrétien! »

Les détails d'un pareil événement
formèrent une époque dans l'existence

d'une famille retirée, héroïque et pleine
d'imagination. La lettre écrite, de la
main même du roi, fut lue et relue à
plusieurs reprises; elle fut le sujet des
conversations pendant les repas, et
celui des réflexions solitaires. Marguerite songeait à la valeur de son cousin;
parfois elle se figurait qu'elle était témoin de l'explosion du vaisseau d'Op-
dam. Eléonore le voyait plongeant
dans les flots brûlans pour sauver la
vie de ses ennemis vaincus.

A compter du jour de l'arrivée de
cette lettre, il se fit un changement
dans les manières d'Eléonore, qui devint remarquable aux yeux de tout le
monde, excepté aux siens.

Il était occasioné par les contrastes

qui régnaient entre ses souvenirs et les
discours qu'elle entendait. Les uns lui
présentaient son cousin sous la figure
d'un enfant charmant et aimable, plein
de grâces et de douceur, les autres le lui
peignaient comme un guerrier couvert
de sang et se plaisant dans toutes les hor-
reurs des combats les plus cruels et les
plus acharnés. Jusqu'alors elle avait pris
plaisir à songer au temps où elle rever-
rait l'ami de son enfance, et involontairement elle le revoyait tel qu'il l'avait
quittée. Cette illusion était devenue
désormais impossible, et la douleur
qu'elle en éprouva la rendit rêveuse,
mélancolique, et parut même affecter
sa raison.

Telle était la situation d'Eléonore,

quand une personne long-temps étran-
gère au château vint se fixer dans les
environs, ce qui causa une grande sensation parmi ses habitans.

La veuve Sandal, mère du jeune
marin, qui jusqu'alors avait vécu, dans
l'obscurité, de la modique pension que
sir Roger lui avait léguée, à la condition qu'elle ne paraîtrait jamais au château, arriva tout-à-coup à Shrewsbury
qui n'en était qu'à environ un mille et
annonça son intention d'y établir sa
résidence.

L'amour de son fils avait répandu
sur elle, avec la prodigalité d'un marin
et la tendresse d'un enfant, toutes les
récompenses de ses services, excepté sa
gloire, à laquelle cependant elle eut

quelque part, et la veuve des douleurs
revint fixer sa demeure près de l'antique château de ses ancêtres, jouissant
d'une certaine aisance, et connue partout comme la mère du jeune héros
honoré de la faveur royale.

Dans ce siècle, chaque démarche des
membres d'une famille devenait l'objet
des graves consultations de ceux qui
s'en regardaient comme les chefs. En
conséquence, une espèce de chapitre
fut tenu au château de Mortimer quand
on y reçut l'avis du singulier déplace-
ment de la veuve Sandal. Le cœur d'E-
léonore palpita vivement pendant la
consultation. Il se calma cependant,
quand il fut décidé que l'effet de la sen-
tence sévère de sir Roger ne devait

VI. 10

pas s'étendre au-delà de sa vie, et que jamais un descendant de la maison de Mortimer ne devait vivre négligé à l'ombre de ses murs.

Une visite fut donc rendue avec cérémonie et reçue avec reconnaissance. Mademoiselle Anne témoigna beaucoup de noble courtoisie à sa nièce, qu'elle appelait cousine, selon la coutume du temps, et celle-ci montra l'humilité et la tristesse convenables. Elles se séparèrent presque contentes l'une de l'autre; et la liaison qui venait de se former, fut soigneusement entretenue par Eléonore. Dans les commencemens elle allait faire à sa tante une visite respectueuse une fois par semaine; et elle ne tarda pas à s'y rendre tous les jours guidée par l'habitude de l'amitié. L'objet des pensées de toutes deux n'était cependant le sujet des discours que d'une seule ; et comme il arrive assez souvent, celle qui ne disait rien sentait le plus vivement. Les détails des exploits de son cousin, la description de sa personne, le souvenir de tout ce qu'il promettait dans son enfance, promesses que sa jeunesse avait remplies, formaient des sujets de conversation bien dangereux pour celle qui les écoutait, puisque son nom seul lui causait une émotion qu'elle avait de la peine à vaincre.

La fréquence de ces visites ne diminua pas, quand le bruit commença à se répandre que le capitaine Sandal projetait un voyage aux environs du château. Sa

mère paraissait ajouter foi à ce bruit,
moins parce qu'il était probable, que
parce qu'il était conforme à ses espérances. Un soir d'automne, Eléonore,
accompagnée seulement de sa femme-
de-chambre et d'un domestique, se mit
en route pour aller voir sa tante. Il exis-
tait un sentier dans le parc, qui conduisait à une petite porte donnant sur le
faubourg même où la veuve Sandal de-
meurait. En arrivant chez elle, Eléonore apprit que sa tante était sortie, et
qu'elle devait passer la soirée chez une
de ses amies en ville. Eléonore hésita
pour un moment; puis s'étant rappelée
que cette amie était la veuve d'un guerrier de Cromwell, du reste riche, d'une
conduite irréprochable, généralement

respectée, et qu'elle ne lui était point inconnue, elle résolut d'y suivre sa parente.
En entrant dans la salle, qui était vaste,
mais mal éclairée par une fenêtre étroite
et antique, elle fut étonnée d'y trouver
beaucoup plus de personnes qu'elle n'a-
vait attendues. Quelques-unes d'entre
elles étaient assises, mais le plus grand
nombre étaient rassemblées dans la fenêtre, et Eléonore y distingua un jeune
homme d'environ dix-huit ans, tenant
dans ses bras un enfant charmant qu'il
caressait avec une tendresse plutôt fraternelle que protectrice. La mère de
l'enfant, fière de l'attention qu'on lui
prodiguait, faisait néanmoins les ex-
cuses d'usage, en exprimant la crainte
qu'il ne fût importun.

« Importun ! » s'écria le jeune homme
du son de voix le plus séduisant, « oh
non ! si vous saviez combien j'aime les
enfans ! Comme il y a long-temps que je
n'ai eu le bonheur d'en caresser, et combien peut-être il s'écoulera de temps
avant.....»

Il détourna la tête et la pencha sur
l'enfant. La chambre était, comme je
viens de vous le dire, fort mal éclairée ;
mais, dans ce moment, les derniers
rayons du soleil couchant s'introdui-
sant par la fenêtre, tombèrent sur ce
groupe intéressant. Eléonore était assise
dans un coin plus obscur que le reste ;
elle vit alors distinctement des traits que
son cœur avait reconnus avant ses yeux.
Les cheveux du jeune homme, du plus

beau châtain, retombaient en profusion sur son sein, et cachaient la figure de l'enfant.

Son costume était celui d'un officier de marine, richement galonné, et décoré de la croix d'un ordre étranger. L'enfant jouait avec la brillante décoration, et puis levait les yeux, comme pour les reposer dans le sourire de son jeune ami. Le doux charme de l'enfant était, d'une part, en rapport avec la beauté de celui qui le caressait, tandis que de l'autre il offrait un contraste avec sa figure élevée et héroïque, ainsi qu'avec les ornemens de ses habits, qui étaient tous des emblèmes de péril et de mort. Eléonore crut voir l'ange de la paix se reposant sur le sein de la valeur, et lui disant que ses travaux avaient cessé. Elle fut tirée de sa rêverie par la voix de sa tante, qui lui dit : « Ma nièce, voici votre cousin John Sandal. »

Eléonore tressaillit; et quand son cousin, qui venait de lui être présenté d'une manière si soudaine, s'avança pour l'embrasser, elle éprouva une émotion qui la priva, à la vérité, de ces grâces du maintien avec lesquelles elle aurait dû recevoir un étranger aussi distingué, mais qui lui donna en place celles plus touchantes de la pudeur.

John Sandal s'assit à ses côtés, et, au bout de quelques instans, la mélodie de ses accens, la douce facilité de ses manières, le souris enchanteur qui se peignait alternativement dans ses yeux et

sur sa bouche, la mirent entièrement à
son aise. Elle aurait voulu parler, mais
elle gardait le silence pour écouter. Eléonore aspirait du poison par tous ses sens.
Son cousin, en parlant, s'était permis
de lui prendre la main, et elle ne s'en
était pas aperçue. Il parlait beaucoup ;
mais ses discours ne roulaient pas sur
la guerre ou sur les scènes dont il avait
été témoin, et auxquelles la moindre
allusion de sa part aurait donné de
l'intérêt et de la grandeur ; il n'était
question que de son retour dans sa famille, de la joie qu'il éprouvait en re-
voyant sa mère, et de l'espoir qu'il
nourrissait de se voir bien accueilli au
château. Il demanda, avec une tendre
affection, des nouvelles de Marguerite,

VI.   11

et s'informa respectueusement de la santé
de mademoiselle Anne. En parlant de
ses parentes, il fit usage d'expressions
qui marquaient que son cœur l'avait
devancé de long-temps auprès d'elles.
Eléonore aurait pu l'écouter éternelle-
ment; mais la soirée, qui avançait, lui
rappela la nécessité de retourner au château, où les heures étaient fort strictement gardées. John Sandal lui ayant offert de l'accompagner, elle n'eut plus
même de prétexte pour vouloir rester.

Quoiqu'il fît déjà très obscur dans le
salon qu'ils quittaient, les riches teintes
du crépuscule doraient encore l'horizon,
quand ils se mirent en route pour le
château.

Eléonore suivit le sentier qui traver-

sait le parc, et absorbée dans ses nouveaux sentimens, elle fut, pour la première fois, insensible aux beautés de la
nature, jusqu'à ce que son attention fût
réveillée par les exclamations de son
compagnon ravi de tout ce qui s'offrait
à ses regards. Cette sensibilité naturelle
dans un homme qu'elle croyait endurci
par des scènes d'horreur et de carnage,
la toucha vivement. Elle s'efforça d'y répondre, mais elle en fut incapable. Se
rappelant la facilité qu'elle éprouvait
à enchérir même sur l'admiration qu'elle
entendait exprimer des beautés de la nature, elle s'étonna du silence forcé qu'elle
gardait, et ne put en deviner la cause.

A mesure qu'ils approchaient du château, le tableau augmentait en richesse;

le vaste édifice était enseveli dans l'ombre, ses tours, ses terrasses, ses créneaux, n'offraient qu'une masse indistincte et sombre. Les montagnes éloignées, dont les sommets en pains de sucre, se dessinaient fortement sur un ciel d'azur, conservaient seules une teinte de pourpre si brillante que l'on eût dit que la lumière ne les quittait qu'à regret et leur laissait un gage d'un retour prompt et glorieux. Les bois qui entouraient le château étaient sombres comme lui. Un rayon doré tremblait de temps à autre sur leurs sommets touffus. Tout à coup une clairière donna passage à un torrent de lumière qui changea pour un moment en émeraude chaque brin d'herbe qu'il toucha; il ne dura qu'un instant

et s'évanouit. L'effet en fut si prompt
qu'Eléonore eut à peine le temps de jeter
un cri d'étonnement et d'étendre la
main vers ce tableau enchanteur. Elle
leva les yeux vers son compagnon, assuré d'y trouver un sentiment correspondant au sien. Il avait aussi remarqué cet effet de lumière; mais il ne fit aucun mouvement; il se contenta de sourire avec une expression angélique. Tant
qu'Eléonore vécut, ce sourire et la scène
qui y avait donné lieu, restèrent gravés
dans son cœur. Ils ne parlèrent plus
pendant le reste de leur promenade;
mais leur silence fut plus éloquent que
des paroles.

Il était à peu près nuit close quand
ils arrivèrent au château. Mademoiselle

Anne reçut son jeune neveu avec une cordialité grave, et une tendresse mêlée d'orgueil. Marguerite l'accueillit plutôt comme un héros que comme un parent et John après les premières cérémonies se tourna vers Eléonore pour se reposer dans son sourire. Ils étaient entrés comme le chapelain allait lire les prières du soir, usage qui était si strictement observé au château, que même l'arrivée d'un étranger n'y mettait aucun obstacle. Eléonore attendait ce moment avec une inquiétude toute particulière. Elle avait de profonds sentimens de religion, et malgré la sensibilité que le jeune héros avait déployée, elle craignait que la dévotion, compagne d'une vie solitaire et méditative, ne se fût tenue éloignée du cœur

d'un marin. Ses craintes ne tardèrent
pas à se dissiper quand elle observa le
sentiment profond, mais silencieux
avec lequel John participa à la cérémonie de famille. Rien n'élève plus l'âme
que la vue de la piété dans un homme.
Les sens et le cœur sont touchés à la fois
en voyant cette noble figure qui jamais
n'a fléchi devant son semblable, s'abais-
ser jusqu'à terre devant Dieu; on croit
voir l'image terrible de toute la force et
de toute l'énergie physique pliant sous
le doigt de la divinité. Eléonore oublia
sa prière en le regardant, et quand ses
mains blanches, qui ne paraissaient
point faites pour tenir des armes meur-
trières, se joignirent pour s'élever vers
le ciel, se quittant de temps à autre

pour séparer les boucles de cheveux qui
ombrageaient son front, elle s'imagina
voir réunis en lui la force et la pureté
d'un habitant des demeures célestes.

Quand la prière fut achevée, mademoiselle Anne, après avoir répété le
compliment de bien-venue qu'elle avait
fait à son neveu, ne put s'empêcher d'exprimer sa satisfaction de la dévotion qu'il
avait montrée; mais elle y mêla une teinte
d'incrédulité sur la sincérité des sentimens religieux dans un homme accoutumé aux travaux et aux périls. John fit un
salut respectueux à la partie flatteuse de
ce discours; puis rougissant, il ajouta:
« Ma chère tante, pourquoi penseriez-
vous que ceux qui ont le plus besoin de
la protection du Tout-Puissant le né-

gligent? Ceux qui sillonnent les mers
dans de frêles vaisseaux, sentent mieux
qu'aucun autre que les vents et la tem-
pête ne font qu'exécuter la volonté divine. Un marin sans foi et sans espérance en Dieu est plus malheureux
qu'un marin sans boussole ou pilote. »

Il parlait avec cette éloquence qui
porte la conviction avec elle. Mademoiselle Anne lui tendit sa main blanche, mais ridée, pour qu'il y imprimât
un baiser. Marguerite en fit autant, de
l'air d'une héroïne à son chevalier. Eléonore détourna la tête et versa de déli-
cieuses larmes.

Quand on cherche à découvrir des
perfections dans une personne, on est
toujours sûr de les y trouver; mais

Eléonore n'avait pas besoin d'emprun-
ter des couleurs de son imagination pour
faire un tableau charmant de l'homme
qui avait touché son cœur. Son caractère et son humeur se développèrent
par degrés, ou plutôt ils furent déve-
loppés par des causes extérieures et
accidentelles : car une timidité presque
féminine ne lui permettait pas de beaucoup parler et surtout de lui-même.
Ce désir de trouver des qualités dans
l'objet que nous aimons, sert de preuve
que l'amour est un sentiment qui enno-
blit l'âme, et que, quoique son cours
puisse être troublé, sa source au moins
est pure. Celui qui l'éprouve avec force
possède une énergie qui sera récompen-
sée un jour par une flamme plus pure

et plus sainte que la terre n'en saurait
offrir.

Depuis l'arrivée de son fils, la veuve
Sandal témoignait une inquiétude dont
la cause restait inconnue. On la voyait
fréquemment au château. Elle ne pouvait se dissimuler l'attachement mutuel
de John et d'Eléonore, et sa seule pensée était de prévenir une union contraire
aux intérêts de son fils, et qui devait
diminuer sa propre importance.

Elle avait obtenu par des voies indi-
rectes la connaissance des dernières volontés de sir Roger, et toutes les forces
de son âme, plus rusée qu'énergique,
se dirigèrent vers la réalisation des espérances que ces volontés lui offraient.
Le testament de sir Roger était singu-

lier. Malgré sa colère contre sa fille, il avait stipulé que si son petit-fils Sandal épousait sa cousine Marguerite, il hériterait de tous ses biens, et que les honneurs de la maison de Mortimer passeraient sur sa tête. Si, au contraire, il épousait sa cousine Eléonore, il ne devait recevoir sur la succession que 5000 l. st.; et dans le cas où il n'épouserait aucune de ses deux parentes, sir Roger laissait toute sa fortune à un parent éloigné, du nom de Mortimer.

Mademoiselle Anne, prévoyant l'effet que pourrait avoir sur la famille cette opposition de l'amour avec l'intérêt, aurait voulu que le testament restât secret; mais mistriss Sandal l'avait découvert par les domestiques du château, et, dès ce moment, son esprit ne cessa de travailler. Elle avait trop connu les privations pour ne pas désirer vivement un changement dans son sort; et le souvenir qu'elle conservait des distinctions dont elle avait joui dans sa première jeunesse, la portait à tout risquer pour les recouvrer. Elle éprouvait une jalousie féminine, que rien ne pouvait apaiser, du respect qui environnait mademoiselle Anne ainsi que la belle et noble Marguerite. Elle errait autour des murs du château, semblable à une âme malheureuse qui gémit en attendant la sépulture, et qui ne prévoit de repos que quand elle l'aura obtenue.

A ces sentimens se joignait l'ambition d'une mère qui songeait que son fils, par le choix qu'il ferait, obtiendrait un noble héritage, où ne jouirait que d'une fortune médiocre : aussi le résultat ne pouvait-il en être douteux ; et la veuve Sandal, résolue de parvenir à ses fins, éprouva peu de scrupule quant aux moyens. Le besoin et l'envie lui avaient donné un désir insatiable d'honneurs, et les fausses religions, qu'elle avait tour à tour adoptées, lui avaient inspiré tous les détours de l'hypocrisie. Dans une vie pleine de vicissitudes, elle avait connu le bien et choisi le mal. La veuve Sandal résolut donc d'opposer un obstacle insurmontable à l'union des deux amans.

Cependant mademoiselle Anne se flattait encore que le testament de sir

Roger n'était point connu. Elle s'aper-
cevait du sentiment profond qui paraissait unir les cœurs de John et d'Eléonore; et avec des idées moitié généreu-
ses, moitié romanesques, car mademoiselle Anne avait eu beaucoup de goût
dans sa jeunesse pour les grands coups
d'épée qui plaisaient tant à madame de
Sévigné, elle ne croyait pas que leur
bonheur pût être sensiblement altéré
par la perte des terres, des immenses
richesses et des titres anciens de la famille de Mortimer. Ce n'est pas qu'elle
ne mît un grand prix à ces distinctions,
chères à toute âme élevée; mais elle en
mettait un plus grand encore à l'union
sympathique des cœurs et des âmes qui

cherchant la félicité en foulant aux pieds
les trésors.

Le jour était fixé pour le mariage de
John et d'Eléonore ; les habits de noce
étaient préparés ; les nobles et nombreux amis de la famille étaient invités ;
la grande salle du château était décorée
avec magnificence. Déjà les cloches de
la paroisse sonnaient un joyeux carillon, les valets de pied, en livrée bleue,
avaient orné leurs boutonnières de faveurs, et s'occupaient à garnir la coupe
du wassail *, destinée à être plus d'une
fois remplie et vidée. Mademoiselle Anne

---

* Le wassail était une liqueur faite de
pommes, de sucre et d'aile.

(*Note du Traducteur.*)

tira de sa propre main, d'une armoire d'ébène, une robe de velours et de satin, qu'elle avait portée au mariage de la princesse Elisabeth, fille de Jacques Ier, avec le prince palatin. L'héritière s'avança aussi, parée avec magnificence; mais on remarqua que ses belles joues étaient plus pâles encore que celles de la mariée; et le sourire, qui, pendant toute la matinée, ne quitta pas un instant ses lèvres, semblait être plutôt un effort de courage qu'une marque de bonheur. La veuve Sandal avait paru fort agitée, et était sortie de bonne heure du château. Le marié n'avait pas encore paru, et la compagnie, après l'avoir attendu pendant quelque temps en vain, se mit en route pour

VI. 12

l'église, ne doutant pas que, dans son impatience, il ne l'y eût devancée.

Le cortége fut magnifique et nombreux. La famille de Mortimer avait réuni ce soir-là toutes les personnes qui aspiraient à l'honneur de sa connaissance ; et telle était la pompe féodale qui accompagnait, à cette époque, un mariage dans une famille illustre, que les parens les plus éloignés s'étaient rendus de vingt lieues à la ronde au château, et offraient comme une armée d'amis magnifiquement parée pour assister à la grande cérémonie.

La plus grande partie de la société, sans en excepter les femmes, était à cheval, ce qui ajoutait encore à la tumul-

tueuse magnificence de la procession.
On voyait un petit nombre de lourdes
voitures, d'une forme très-incommode,
mais surchargées de dorures et de pein-
tures, et dont les amours sur les pan-
neaux avaient été retouchés pour cette
occasion. La mariée fut posée sur son
palefroi par deux pairs du royaume.
Marguerite était auprès d'elle avec un
cortége galant ; et mademoiselle Anne
fermait la marche, glorieuse de voir encore disputer l'honneur de lui offrir la
main : on eût dit qu'elle était revenue
au jour du mariage de la princesse pa-
latine.

On arrive à l'église. La mariée, les
parens, la noble compagnie, le pasteur,
tout s'y trouvait..... excepté le marié. Il

y eût un long et pénible silence. Quelques gentilshommes sortirent en diverses directions pour aller à sa rencontre. L'ecclésiastique resta à l'autel jusqu'à ce que, fatigué d'attendre, il se décidât à se retirer. La foule des domestiques, jointe aux habitans des villages voisins, remplissait le cimetière. Leurs acclamations ne cessaient point. Eléonore, accablée de chaleur et d'inquiétude, demanda la permission de se retirer pour un moment dans la sacristie.

Mademoiselle Anne y guida les pas chancelans de la mariée, et la conduisit vers une fenêtre ouverte, en essayant de détacher son voile de dentelle. Eléonore s'approche pour respirer un air plus pur. Tout à coup elle entend le bruit

du galop d'un cheval ; elle lève machinalement les yeux : c'est Sandal ; il
jette un regard d'horreur sur la mariée
plus morte que vive, pique des deux et
disparaît en un moment.

CHAPITRE XXXVII.

Un an après cet événement on voyait
deux femmes se promener ou plutôt
errer tous les soirs dans les environs
d'un hameau situé dans la partie la plus
solitaire du comté d'York. La campagne était agréable et pittoresque ; mais
ces femmes qui avaient conservé des
yeux pour contempler la nature n'avaient
plus de cœur pour jouir de ses charmes.
L'une des deux, maigre et exténuée, est
jeune encore; mais déjà ridée. Ses yeux
noirs brillent d'un éclat effrayant sur un
visage froid et blanc comme celui d'une

statue. Elle ressemble à un lis épanoui
trop tôt et frappé d'une gelée printan-
nière : c'est Eléonore Mortimer. L'autre
marche à côté d'elle d'un pas si roide et
si mesuré, qu'elle paraît ne se mouvoir
qu'à l'aide d'un mécanisme ingénieux.
Ses yeux petits et perçans se dirigent si
droit devant elle, qu'elle n'aperçoit ni
le ciel, ni la terre, ni les arbres ou les
champs qui bordent la route. C'est une
tante puritaine d'Eléonore, une sœur
de sa mère, chez laquelle elle a fixé sa
résidence. Son costume est arrangé avec
une telle précision que l'on dirait qu'un
mathématicien en a calculé tous les
plis ; chaque pointe d'épingle connaît sa
place et remplit son devoir. Sa coiffe
arrondie ne laisse rien paraître de ses

cheveux sur son front étroit, et son large capuchon ajoute une teinte plus sombre à tous ses traits.

A compter du jour de son mariage avorté, Eléonore, pleine du sentiment de la fierté virginale offensée, sentiment que sa douleur même ne pouvait étouffer, n'avait eu d'autre désir que de quitter le lieu témoin de son malheur. Ce fut en vain que sa résolution fut combattue par sa tante et par Marguerite, qui, frappées d'horreur à ce funeste événement, dont il leur était impossible de deviner la cause, l'implorèrent avec la tendresse la plus vive de ne point quitter le château, engageant leur parole qu'elles n'y admettraient jamais le traître qui l'avait abandonnée. Eléonore ne répondit à leurs affectueuses supplications qu'en serrant leurs mains de ses mains glacées et en levant sur elles des yeux remplis de larmes qui n'avaient pas la force de couler.

« Restez avec nous, » dit la noble et généreuse Marguerite : « non vous ne nous quitterez pas. »

« Ma chère cousine, » répondit enfin un jour Eléonore, « j'ai tant d'ennemis dans ces murs que ma vie n'y est pas en sûreté. »

« Des ennemis ! » s'écria Marguerite.

—« Oui, ma bien-aimée cousine. Tous les lieux qui conservent la trace de *ses* pieds, les perspectives qu'il aimait à contempler, l'écho qui répétait le son

VI. 13

de sa voix, plongent dans mon cœur autant de poignards; et les personnes qui m'aiment ne peuvent désirer que mon supplice se prolonge. »

Marguerite ne put répondre au gémissement douloureux qui accompagna ces paroles que par des larmes; et quelques jours après, Eléonore se mit en route pour la maison de sa tante, puritaine fort dévote, qui habitait le comté d'York.

Quand la voiture qui devait l'emmener arriva à la porte, mademoiselle Anne, soutenue par ses femmes s'avança jusqu'à la moitié du pont-levis pour prendre congé de sa nièce, ce qu'elle fit avec une courtoisie noble et affectueuse. Marguerite, placée à une fenêtre, ne

chercha point à cacher ses larmes. Elle
fit de la main un signe à Eléonore. La
tante conserva sa tranquillité tant qu'elle
fut en présence des domestiques. Quand
ils se furent éloignés, elle rentra dans
sa chambre pour pleurer.

La voiture avait à peine fait une lieue,
quand un serviteur, monté sur un cour-
sier rapide, s'approcha de la portière
et présenta à Eléonore son luth qu'elle
avait oublié. Elle le contempla pendant
quelques instans avec un regard qui
offrait le combat de la mémoire avec la
douleur; puis elle donna ordre que l'on
en brisât sur-le-champ les cordes, et elle
continua son voyage.

La retraite qu'Eléonore avait choisie
ne lui offrit point le repos qu'elle avait

espéré d'y trouver. C'est ainsi que pendant la fièvre de la vie nous espérons en vain trouver du soulagement dans le changement de lieu.

Eléonore était retournée dans la famille de sa mère, dans l'espoir de renouveler d'anciens souvenirs effacés ; mais elle ne retrouva plus que les mots qui, jadis, lui avaient fourni des idées et elle chercha en vain les impressions qu'elle en avait autrefois éprouvées. Elle avait pensé que le langage de sa tante lui paraîtrait encore aussi sublime que dans ses premières années : elle fut trompée. On ne négligeait cependant rien pour la satisfaire. Quand elle voulait lire, on lui fournissait des livres puritaniques de tout genre. Si, désespérée de toucher son

insensible cœur, elle abandonnait sa lecture, on l'invitait à une pieuse conférence,
Eléonore se mettait à genoux et pleurait avec les autres à ces conférences.
mais tandis que son corps était proster-
né devant la divinité, ses larmes cou-
laient pour une créature qu'elle n'o-
sait nommer. Quand dans l'excès de
sa douleur elle courait vers le petit jardin qui entourait la modeste demeure
de sa tante, afin d'y épancher ses douleurs dans la solitude, elle y était suivie
de cette dame qui, d'un air calme et sans
presser sa marche, lui offrait pour la
consoler quelque nouvelle production
mystique.

Eléonore, beaucoup trop habituée à
cette fatale irritation du cœur qui nous

privé de tout autre sentiment, s'étonnait comment un être si distrait, si froid,
pouvait supporter son immobile existence. Sa tante se levait tous les jours à
la même heure, faisait sa prière à la même
heure, recevait à la même heure les pieux
amis qui venaient la visiter et dont l'existence était aussi monotone et aussi apa-
thique que la sienne. Les repas étaient ré-
glés; mais elle priait sans onction, man-
geait sans appétit, et se mettait au lit sans
avoir la moindre inclination au sommeil. Sa vie était purement machinale;
mais la machine était si bien montée
qu'elle paraissait se rendre compte de
ses mouvèmens et en éprouver une sorte
de satisfaction.

Éléonore s'efforça vainement d'imiter

selle vie de froide médiocrité. Elle voyait
un être inférieur à elle sous tous les rap-
ports jouir d'une espèce de bonheur,
tandis qu'elle-même était malheureuse
et s'en étonnait. Hélas! elle ne savait
pas que ceux qui sont privés de cœur et
d'imagination sont les seuls qui sachent
jouir des agrémens de la vie.

Eléonore luttait contre sa destinée;
sa raison s'était développée pendant son
séjour au château de Mortimer: mais
malheureusement son cœur s'y était
aussi développé et d'une manière fatale:
rien n'est plus terrible que le combat
entre un esprit supérieur et un cœur
brûlant d'une part et des individus d'une
parfaite médiocrité de l'autre. Plus nous
déployons de force, plus nous nous sen-

tons paralysés par la faiblesse même de
nos adversaires. C'est en vain que nous
attaquons un ennemi qui ne comprend
point notre langage et qui ne se sert point
de nos armes. Eléonore finit par y renoncer; cependant elle luttait encore
avec ses propres sentimens; elle avait
reçu ses premières impressions religieuses sous le toit de cette même tante,
et vraies ou fausses, elles avaient été si
vives qu'elle désirait ardemment de les
renouveler. Elle se rappelait entre autres
une scène fort touchante qui avait eu
lieu pendant son enfance.

Un vieux ministre non conformiste,
véritable saint Jean pour la simplicité
des manières et la sainteté de la vie,
avait été arrêté par un magistrat, dans

le moment même où il distribuait la parole de consolation à quelques personnes de son troupeau rassemblées dans la chaumière de la tante d'Eléonore. Le vieillard fut arraché de sa place pendant qu'il débitait son sermon, et mourut quelque temps après en prison.

Cette scène se peignit en traits ineffaçables dans la jeune imagination d'Eléonore. Au sein de la magnificence du château de Mortimer, elle ne s'était jamais oblitérée, et maintenant elle s'efforça de se rappeler ses moindres circonstances, dans l'espoir que son cœur en serait encore aussi touché qu'il l'avait été jadis. Ferme dans ses propos, elle ne négligea rien pour exciter en son

âme cette réminiscence de religion : ce
fut sa dernière ressource. Elle se rendit
dans la petite chambre où la scène s'é-
tait passée; elle s'assit sur la même chaise
qu'occupait cet homme vénérable,
quand on vint l'arracher du sein de ses
ouailles. Elle avait cru voir un prophète
monter au ciel; elle eût voulu s'attacher
à sa robe pour y monter avec lui. Elle
essaya en répétant ses derniers mots de
reproduire l'effet qu'ils avaient eu sur
son cœur; mais elle fondit en larmes
en découvrant que ces mots n'avaient
plus aucun sens pour elle.

Un nouveau combat vint bientôt se
réunir à ceux qu'elle éprouvait. A cette
époque les lettres circulaient difficile-
ment, et on en écrivait guère que dans

des occasions importantes. Eléonore en
reçut néanmoins deux à très-peu d'intervalle; elles étaient écrites par sa cousine Marguerite qui les envoya par un
exprès. La première annonçait l'arrivée
de John Sandal au château, et l'autre
la mort de mademoiselle Anne Mortimer. A toutes deux étaient joints des
post-scriptum parlant en termes mystérieux de l'interruption de la cérémonie du mariage, et donnant à entendre que la cause n'en était connue
que de l'écrivain, de John Sandal et
de sa mère. Il y avait aussi des instances
pour qu'Eléonore voulût bien revenir
au château où elle serait reçue par Marguerite et par John Sandal avec une
amitié *fraternelle.*

Les lettres lui tombèrent des mains en les lisant. Elle n'avait jamais cessé de penser à John Sandal, quoiqu'elle fît les plus grands efforts pour n'y point penser. Son nom même lui causait une sensation si douloureuse, qu'elle ne pouvait ni l'exprimer ni la cacher.

Elle réfléchit long-temps en lisant les détails de la mort de mademoiselle Anne. Cet événement lui fit faire un retour sur elle-même; elle envia à sa tante le port de repos dans lequel elle était heureusement arrivée. D'ailleurs, la mort de mademoiselle Anne n'avait pas été indigne de la magnanimité et de l'héroïsme de sa vie. Elle avait embrassé avec ardeur la cause de la malheureuse Eléonore, et elle avait juré

en présence de Marguerite dans le château de Mortimer, de ne jamais plus
admettre dans ses murs l'homme qui
avait si indignement abandonné celle
qui l'attendait à l'autel.

Un soir, pendant que mademoiselle
Anne lisait quelques manuscrits du
temps, on vint lui annoncer qu'un *cavalier* (les domestiques savaient tout
le charme que ce mot avait pour une
ancienne royaliste), avait passé le
pont-levis, qu'il avait pénétré jusque
dans le vestibule, et qu'il s'avançait
vers l'appartement où elle se tenait.

« Qu'on le fasse entrer, » répondit-
elle en se levant de sa chaise, et se
tournant de façon à regarder la porte.
Elle se mettait en devoir de saluer l'é-

tranger, lorsqu'à son grand étonnement elle vit paraître John Sandal. Ses yeux qui n'avaient presque rien perdu de leur vivacité avec l'âge, le reconnurent sur-le-champ.

« Retirez-vous! retirez-vous! » s'écria-t-elle d'un ton noble et en lui faisant signe de la main, « retirez-vous! ne profanez pas ce seuil en le passant. »

— « Ecoutez-moi pour un instant, Mademoiselle; permettez que je vous adresse la parole à genoux. Cet hommage, je le rends à votre rang et à notre parenté. Ne croyez pas que ce soit un aveu et que je me sente coupable. »

A ces mots et à l'action qui les accompagna, les traits de mademoiselle

Anne éprouvèrent une légère contrac-
tion, une convulsion momentanée.
« Levez-vous, monsieur, levez-vous, »
dit-elle, « et dites ce que vous avez à
dire ; mais n'entrez pas dans un appartement où vous êtes indigne de pénétrer. »

John Sandal se leva et montra du
doigt le portrait de sir Roger Mortimer auquel il ressemblait beaucoup.
Mademoiselle Anne le comprit, et s'a-
vançant de quelques pas sur le plancher
de bois de chêne, elle se tint de bout ;
puis indiquant de son côté le portrait
avec un air de dignité qu'il serait impossible de rendre par le pincceau, elle
sembla dire : celui à qui vous vous van-
tez de ressembler et dont vous réclamez

la protection, n'a jamais, comme vous, déshonoré ces murs par une bassesse, par une trahison indigne. Traître! jetez les yeux sur son portrait!

L'expression de la demoiselle avait quelque chose de sublime. Le moment d'après, elle éprouva une convulsion beaucoup plus forte; elle voulut parler; mais ses lèvres ne lui obéissaient plus. Elle resta pendant quelques instans dans la même attitude et s'efforça ensuite de quitter la place; mais ses membres étaient entièrement roidis. Après quelques efforts inutiles, elle tomba sans connaissance aux pieds de son neveu.

Elle ne survécut pas long-temps à cette entrevue et ne recouvra jamais l'usage de la parole. Elle conserva néanmoins toute sa raison, et jusqu'au dernier moment, elle fit entendre par ses gestes qu'elle ne voulait prêter l'oreille à aucune justification de la conduite de Sandal. Celui-ci en donna pourtant l'explication à Marguerite, qui quoique émue et affligée par ce qu'elle découvrit, finit néanmoins par s'accoutumer à l'idée que lui présentait cette découverte.

Peu de temps après la réception de ces lettres, Eléonore prit la résolution soudaine, mais peu étonnante, de se rendre immédiatement au château de Mortimer. Ce n'était point le désir de se dérober à la vie monotone qu'elle menait, ni celui de jouir de nouveau

de la pompe qui régnait au château, ni
même le besoin de changement de lieu,
qui la décida à ce voyage : c'était une
voix presque imperceptible, qui, au
fond du cœur, lui murmurait : Allez,
et *peut-être....*

Eléonore se mit donc en route, et
elle acheva son voyage aussi promptement que le permettait l'état des com-
munications vers le milieu du dix-sep-
tième siècle. Son cœur palpita quand la
voiture s'arrêta devant une grille gothi-
que du parc, au-delà de laquelle il y
avait une avenue de deux rangs d'or-
mes. Elle descendit, et le domestique
qui l'accompagnait voulait lui montrer
un sentier qui raccourcissait la distance.
Elle lui fit signe qu'elle n'avait pas be-

soin de son service, et elle s'avança seule et à pied. Son cœur lui rappelait qu'elle avait erré une fois, dans cette même partie du parc, avec John Sandal. Son sourire répandait sur le passage une lumière plus douce que le soleil couchant. Elle revoyait les arbres, elle revoyait la lumière du soleil, mais elle ne retrouvait plus ce sourire enchanteur.

En s'approchant, à pas tremblans, du château, elle aperçut l'écusson funéraire que Marguerite, pour honorer sa grand'-tante, avait fait placer, depuis sa mort, au-dessus de la tour principale, comme si le dernier mâle de la famille de Mortimer eût cessé de vivre *. Eléonore

---

* En Angleterre, quand un maître de

leva les yeux, et mille pensées diverses
remplirent soudain son cœur : « Celle
qui vient de mourir, » se dit-elle, « avait
une âme toujours attachée à des pensées
glorieuses, aux actions les plus nobles
de l'humanité, aux plus sublimes idées
de l'éternité. Son grand cœur ne put
admettre que deux hôtes : l'amour de
Dieu et celui de son pays. Ils restèrent
avec elle jusqu'à la fin, car ils trouvèrent
la demeure digne d'eux. Le mien, au
contraire, accueillit un autre habitant ;

---

maison vient à mourir, on place au-dessus
de la porte l'écusson de ses armes, peint sur
un fond noir, et avec des devises pieuses,
telles que *Resurgam*, etc.

(*Note du Traducteur.*)

et comment a-t-il été récompensé de son hospitalité? Le traître l'a dévasté! »

En entrant dans la grande salle du château, elle y trouva Marguerite, qui la reçut avec la plus tendre affection; et John Sandal, qui, après le premier moment de joie, lui adressa la parole avec cette bienveillance calme et fraternelle qui ne laissait rien espérer. Il lui serra la main, témoigna la plus vive sollicitude pour sa santé, la pressa de se retirer pour prendre du repos après la fatigue de son voyage. Eléonore, faible et presque sans connaissance, saisit les mains de Sandal et de Marguerite, et, par un mouvement involontaire, les joignit l'une dans l'autre. La veuve Sandal était présente à cette scène. Elle montra

beaucoup d'émotion à l'entrée d'Eléonore ; mais elle sourit à ce mouvement
extraordinaire et spontané.

Eléonore se retira dans l'appartement
qu'elle avait autrefois occupé. Marguerite, avec une prévoyance tendre et
délicate, en avait fait changer tous les
meubles ; il ne s'y trouvait plus rien qui
lui rappelât les temps passés, si ce n'est
son propre cœur. Elle s'assit, réfléchit
à l'accueil qui venait de lui être fait :
plus elle y pensa, plus elle sentit l'espoir se dissiper graduellement dans son
cœur. L'expression du mépris ou de la
haine lui eût paru moins désolante : car
elle savait que les plus fortes passions
se changent souvent en leurs extrêmes
opposés, tandis que la simple bien-

veillance ne devient jamais une passion.
Aussi fut-elle bientôt convaincue que
tout était perdu.

Pendant plusieurs jours elle eut à souffrir l'intolérable peine de voir l'homme
qu'elle aimait la traiter avec la froide
indifférence de l'amitié. Ceux qui ont
éprouvé cette peine peuvent seuls s'en
former une idée. Eléonore, par les efforts les plus pénibles, tâchait de se
faire aux nouvelles habitudes du château, car tout y était bien changé depuis
la mort de mademoiselle Anne. Les nombreux prétendans à la main de la noble
et riche héritière s'y présentaient en
foule, et, selon l'usage du temps, ils y
étaient somptueusement traités, et in-

vités, par des fêtes réitérées, à y prolonger leur séjour.

Dans ces occasions, John Sandal témoignait toujours des attentions parti-
culières à sa cousine Eléonore. Ils dan-
saient ensemble ; et quoique, dans la
rigidité de son éducation puritaine, on
eût cherché à lui inspirer une grande
horreur pour cet amusement, elle s'y
plaisait cependant, et sa danse était in-
finiment gracieuse, surtout quand elle
était soutenue par celle de Sandal, qui
était l'un des meilleurs danseurs de son
temps. Tout le monde l'applaudissait,
et elle était admirée même des courti-
sans les plus à la mode ; mais, en se
mettant en place, Eléonore se disait que
Sandal eût dansé précisément de même

quand il aurait eu pour danseuse la personne la plus indifférente à ses yeux. Il lui avait indiqué, de la manière la plus gracieuse, les plus légères erreurs qu'elle avait commises dans la figure; il l'avait reconduite avec la politesse la plus tendre et la plus inquiète, et s'était empressé de la rafraîchir avec le vaste éventail alors à la mode. Rien ne pouvait être plus flatteur; mais Eléonore sentait que ces attentions n'étaient point celles d'un amant.

Un soir Sandal étant sorti pour visiter un seigneur du voisinage, Marguerite et Eléonore se trouvèrent seules. Toutes deux paraissaient désirer également une explication qu'aucune ne voulait entamer. Eléonore restait à la fe-

nêtre par où elle avait vu partir Sandal,
jusqu'à ce que l'obscurité ne lui permît
plus de rien distinguer. Marguerite fut
la première qui rompit le silence en disant: « Eléonore, ne le cherchez plus;
il ne peut jamais être à vous! »

Ce discours imprévu et le ton de conviction dont il était prononcé, fit sur
Eléonore l'effet d'un avertissement du
ciel. Elle n'eut pas la force de demander
comment cette certitude avait été acqui-
se. L'esprit se trouve souvent dans une
situation où il écoute la voix d'un être
humain comme celle d'un oracle, et au
lieu de demander l'explication de la
destinée qu'elle annonce, attend avec
soumission ce qui lui reste à dire. Eléonore s'éloignant donc lentement de la

fenêtre, demanda avec une tranquillité effrayante s'il s'était irrévocablement expliqué à sa cousine.

— « Et il n'y a donc plus d'espoir ? »

— « Il n'y en a plus. »

— « Et c'est lui qui vous l'a dit.....
lui-même ? »

— « Oui, ma chère Eléonore, et de
grâce ne parlons plus jamais sur ce
sujet. »

« Jamais, » répondit Eléonore ; « non,
jamais. »

La sincérité et la dignité du caractère
de Marguerite étaient des gages certains
de la vérité de ce qu'elle disait, et c'était
peut-être pour cela qu'Eléonore faisait
de si grands efforts pour se dérober à une
conviction qui passait malgré elle dans

son esprit. Dans les maladies du cœur nous ne pouvons supporter la vérité, nous aimons mieux le mensonge qui nous plaira pour un moment. Les esclaves de leurs passions, comme les esclaves du pouvoir portent une haine égale à ceux qui ne savent point les flatter.

De nouvelles preuves s'offraient à elle de moment en moment; elle voyait, elle sentait jusqu'au fond de l'âme, l'attachement croissant de John Sandal et de Marguerite; et cependant elle rêvait à des obstacles imprévus, à une explication; elle se disait, *peut-être*! Ce mot est le dernier qui cesse de sortir de la bouche de ceux qui aiment.

En abandonnant ses prétentions au

cœur de son amant, Eléonore, se contentait de ses regards. Elle se disait à elle-même: Que je le voie sourire, quand même ce ne serait pas pour moi! Il me suffit de vivre en sa présence; que son âme soit toute entière à une autre; n'importe, un de ses regards peut s'égarer et tomber sur moi: je n'en demande pas davantage.

Cependant la tante puritaine d'Eléonore crut devoir faire, vers cette époque, un effort pour la retirer de ce qu'elle appelait les embûches de l'ennemi. Elle lui écrivit, non sans peine, une longue lettre pour la conjurer de revenir auprès de celle qui avait servi de guide à sa jeunesse, et dans le sein de son Dieu. Après avoir employé tous les argumens

spirituels qu'elle put imaginer, elle ajouta que la main qui traçait ces lignes ne serait probablement bientôt plus en état de
réitérer ses avis; peut-être même serait-
elle déjà placée dans la tombe, pendant
que sa nièce lirait l'épître qu'elle lui
adressait.

Eléonore versa des larmes; mais elles
ne furent causées que par une émotion
physique et nullement par une conviction morale. Rien n'endurcit le cœur
comme l'amour, quoiqu'il semble devoir l'adoucir. Elle répondit cependant,
mais l'effort fut aussi grand que l'avait
été celui de sa vieille parente. Elle re-
connaissait dans sa lettre, avec les regrets les plus vifs, l'abandon de ses principes religieux; elle parlait ensuite de

son malheureux amour dont elle déplorait la force invincible, et finissait pourtant par exprimer l'espoir et le vœu de
se reposer enfin dans un port de salut.

Toute la famille remarqua l'altéra-
tion de la santé d'Eléonore; le domestique lui-même qui se tenait derrière sa
chaise témoignait de jour en jour plus
de tristesse. Marguerite se repentit de
l'avoir engagée à venir au château.

Eléonore le sentait comme les autres,
et elle aurait voulu leur épargner ce chagrin; mais il lui fut impossible de ne
pas regretter sa jeunesse et sa beauté qui
se flétrissaient également dans une douleur sans remède. Un jour, poussée
au désespoir par la peine insupporta-

ble à laquelle elle était en proie, elle
épancha son cœur devant sa cousine.

« Il m'est impossible, » lui dit-elle,
« de supporter plus long-temps cette
existence; de fouler le plancher où ses
pas s'impriment, de voir tous les objets
qui m'entourent réfléchir son image,
sans jamais en voir la réalité; de sentir
quand je l'aperçois, qu'il est le même
et que cependant il ne l'est pas; le même
à l'œil, mais un autre par le cœur. O
Marguerite! ce combat continuel entre
le rêve de l'imagination et le triste réveil
de la réalité, plonge dans mon sein un poi-
gnard qu'aucune main humaine ne peut
retirer, et dont la plaie envenimée brave
les efforts de la médecine! »

Marguerite versa des pleurs en l'écoutant, et puis elle exprima à regret son
consentement au départ d'Eléonore, si
celle-ci le jugeait nécessaire à son repos.

Le soir même qui suivit cette conversation, Eléonore qui avait coutume
d'errer seule dans les bois dont le château était entouré, rencontra John Sandal. Le temps était beau; la saison était
la même que celle où ils s'étaient vus la
première fois. Rien n'était changé dans
la nature; leurs cœurs seuls n'étaient
plus d'accord. Sandal, en l'abordant,
lui avait adressé le parole avec une voix
aussi mélodieuse et des accens aussi
tendres que jadis, avec ces accens qui
n'avaient jamais cessé de retentir dans
son oreille. Elle crut remarquer dans

ses manières plus de sensibilité qu'elles
n'en avaient offerte depuis peu, et les
souvenirs du lieu où ils se trouvaient
ajoutaient à cette illusion. Une vaine espérance fit palpiter imperceptiblement
son cœur. Elle pensait à ce qu'elle n'o-
sait exprimer, et osait pourtant croire.
Ils continuèrent leur promenade ensemble. Ils regardèrent ensemble les
derniers rayons de lumière, éclairant
les montagnes pourprées, et au milieu
du profond silence des bois, une voix
éloquente parlait à leurs cœurs. Éléonore se risqua à lever les yeux sur ce
front qui, jadis, lui avait paru celui
d'un ange. Il offrait le même éclat et le
même sourire; mais l'éclat n'était plus
que la reflection du couchant enflammé,

et le sourire ne s'adressait qu'à la nature seule. Quand elle en fut bien convaincue, elle fondit involontairement en larmes; l'expression d'une tendre surprise de la part de Sandal et les paroles de consolation qu'il lui adressa ne firent qu'ajouter à sa souffrance. Elle avait mis son dernier espoir dans la nature et cet espoir lui manqua. Dans ce moment elle entendit les faibles sons d'une musique pastorale. Ces sons qui partaient de la flûte d'un jeune paysan semblaient lui dire: *non, non, jamais, jamais!* Tout paraît prophétique aux malheureux. Le cœur désespéré d'Eléonore accepta le présage de cette musique lugubre.

Peu de jours après cette dernière ren-

contre, Eléonore écrivit à sa tante du
comté d'York, pour lui dire que si
elle voulait la recevoir de nouveau sous
son toit, elle s'y fixerait volontiers pour
le reste de ses jours, ajoutant, en réponse à la dernière partie de la lettre
de sa tante, que malgré la différence de
leur âge, sa vie, selon toutes les apparences, ne se prolongerait pas au-delà de
la sienne.

A son départ, Marguerite pleura et
Sandal témoigna la plus vive sollicitude.
Parvenue à quelque distance du château,
elle renvoya le carrosse de la famille,
disant qu'elle irait à pied avec sa femme
de chambre jusqu'à la ferme où des chevaux l'attendaient. Elle s'y rendit en
effet, mais au lieu de continuer sa route

elle y demeura cachée. Le bruit d'un mariage projeté entre John Sandal et Marguerite avait frappé son oreille.

Le jour de la noce ne tarda pas à arriver; Eléonore se leva de grand matin. Les cloches sonnaient un carillon joyeux, (tel qu'elle en avait entendu autrefois dans une occasion semblable.) Les amis arrivèrent aussi nombreux et aussi gais que le jour qu'ils l'avaient accompagnée à l'autel. Elle vit les brillans équipages, elle entendit les cris de joie de la moitié de la province; elle se figura le timide sourire de Marguerite et la figure radieuse de celui qui avait été autrefois destiné à sa main.

Tout à coup le bruit cessa. Elle comprit que la cérémonie continuait; puis

qu'elle était finie; que les mots irrévo-
cables étaient prononcés; que le lien
indissoluble était formé. Les cris de
joie retentirent de nouveau quand le
brillant cortége retourna au château.
Eléonore vit et entendit tout. Quand le
silence fut rétabli, elle jeta par hasard les
yeux sur sa robe; elle était blanche
comme celle qu'elle avait portée le jour
destiné à ses noces. Elle l'échangea en
frémissant contre une robe de deuil, et
se mit en route pour un voyage, qui devait la conduire, à ce qu'elle espérait, au
terme de sa destinée.

CHAPITRE XXXVIII.

QUAND Eléonore arriva dans le comté
d'York, sa tante n'était déjà plus. Eléonore alla visiter sa tombe. Elle y resta
pendant quelques instans, mais ne put
y répandre une larme. Elle comparait
sa vie agitée et douloureuse au bonheur
dont jouissait sa tante, et le sort de
celle-ci lui parut plus digne d'envie que
de regrets.

La perte de sa parente rendit l'existence d'Eléonore plus triste et plus monotone, s'il était possible, qu'elle ne
l'eût été sans cela. Elle était fort chari-

table pour les malheureux des environs, et jamais elle ne sortait de chez elle que pour les aller voir.

Elle avait reçu plusieurs lettres de Marguerite qu'elle avait lues et posées de côté sans y faire de réponse ; une nouvelle lettre vint enfin la tirer de l'état de stupeur où elle gémissait depuis long-temps. Elle la lut avec le plus vif intérêt et se prépara sur-le-champ à y répondre en personne.

Le courage de Marguerite paraissait se démentir à l'heure du danger. Elle disait à sa cousine que cette heure approchait à grands pas, et elle la suppliait de venir la consoler et la soutenir dans le péril qui la menaçait. Elle ajoutait que l'affection de John Sandal, dans ce

moment fatal, la touchait plus qu'aucune autre preuve qu'elle eût reçue de
son amour; mais qu'elle ne pouvait voir
sans chagrin que pour rester auprès
d'elle il abandonnait tous ses plaisirs
d'habitude. Vainement le pressait-elle
de fréquenter selon son usage les châ-
teaux des environs, il ne voulait point la
quitter d'un seul instant; mais elle espérait que la présence d'Eléonore l'en-
gagerait à céder à ses prières, vu qu'il
serait tranquille quand il la saurait avec
l'amie de son enfance, dont les tendres
soins lui seraient plus précieux encore
que ceux d'un homme, quel qu'il fût.

Eléonore se mit sur-le-champ en
route. Ce qui s'était passé depuis son
départ avait élevé entre elle et son amant

VI. 16

une barrière insurmontable; et désormais, il n'était réellement plus pour elle qu'un frère.

Quand elle arriva, Marguerite commençait déjà à sentir les premières douleurs. Elle avait eu une grossesse pénible. Les souffrances naturelles de son état avaient été augmentées par l'idée de la responsabilité qui pesait en quelque sorte sur elle, au moment où elle allait peut-être donner la naissance à un héritier de la maison de Mortimer.

Eléonore s'approcha de son lit de douleurs; elle pressa ses lèvres glacées sur les lèvres brûlantes de sa cousine, et pria pour elle.

Les premiers médecins de la province venaient d'arriver au château. La veuve

Sandal marchait à grands pas dans les appartemens voisins. Elle ne communiquait à personne les inquiétudes inexprimables qu'elle éprouvait.

Deux jours et deux nuits se passèrent dans des alternatives d'espoir et de tourmens. Les cloches ne cessèrent de sonner dans toutes les paroisses à quatre lieues à la ronde. Les vassaux arrivaient en foule au château pleins d'une sollicitude honnête et sincère. D'heure en heure, la noblesse des environs envoyait savoir des nouvelles de la malade. Des couches dans une famille illustre étaient à cette époque un événement d'une grande importance.

Le moment arriva. Marguerite accoucha de deux enfans morts, et la jeune mère ne tarda pas à les suivre au tombeau. Dans cette occasion funeste elle montra un courage digne des Mortimer. Elle chercha de ses mains glacées la main de son malheureux époux et celle d'Eléonore, qui fondait en larmes; elle les joignit avec un mouvement que l'un des deux comprit, et pria pour que leur réunion pût être éternelle. Elle demanda ensuite à voir les restes de ses deux enfans. On les lui montra et au même instant, elle donna à entendre par des expressions détournées que s'ils n'avaient pas été les derniers rejetons de la famille de Mortimer, si l'attente et l'espérance n'avaient pas été portées au plus haut point, elle et ses enfans auraient pu voir prolonger leur vie.

En parlant sa voix s'altéra et ses yeux
s'affaiblirent. Leurs derniers regards se
tournèrent sur celui qu'elle aimait ;
quand leur lumière fut éteinte, elle
sentit encore ses bras qui la pressaient.
Un instant d'après elle ne sentit plus
rien.

Dans les convulsions terribles qui ac-
compagnent le désespoir d'un homme,
désespoir d'autant plus affreux qu'il est
plus rare, l'infortuné Sandal se jeta sur le
lit de son épouse ; et Eléonore, perdant
tout autre souvenir dans un malheur si
cruel, ne put que répéter ses cris, sans
songer que celle dont elle déplorait la
perte, avait été, à ce qu'elle devait croire,
le seul obstacle à son bonheur.

Mais de toutes les voix qui, dans ce

jour de douleur, retentirent dans le
château et firent résonner les voûtes et
les tours, il n'y en eut point dont les
accens ressemblassent à ceux de la veuve
Sandal. Ses plaintes étaient des cris de
rage ; son affliction, un désespoir que
rien ne pouvait calmer. Courant, comme
en démence, d'une chambre à l'autre,
elle s'arrachait les cheveux et prononçait contre elle-même les plus horribles
imprécations. Elle s'approcha, à la fin,
de la chambre où la défunte était dé-
posée. Les domestiques voulurent l'empêcher d'y pénétrer, mais ils n'en eurent
pas la force. Elle s'y élança malgré eux,
jeta un coup d'œil sur le cadavre immobile et sur les survivans muets ; puis se
jetant à genoux devant son fils, elle avoua

le secret de son crime, et développa
dans toute son horreur cette masse d'i-
niquités, maintenant parvenue à son
comble.

Son fils l'écouta, l'œil fixe et les traits
immobiles, et quand elle eut fini, au
lieu de la relever, comme elle le lui demandait, il repoussa les mains qu'elle
lui tendait et tomba sur le lit avec un
rire étouffé, mais affreux. On ne put
l'en arracher que quand on retira le
corps pour l'ensevelir, et ceux qui rem-
plissaient ce pénible devoir, ne surent
s'il fallait plaindre davantage celle qui
était privée de la vie, ou celui chez qui
le flambeau de la raison venait de s'é-
teindre à jamais.

La mère infortunée et coupable mou-

rut quelques mois après, et déclara en
mourant le secret de son crime à un ministre d'une église indépendante, qui,
sur le bruit de son désespoir, était venu
la visiter. Elle confessa que, poussée
par l'avarice et plus encore par le désir
de recouvrer l'importance qu'elle avait
perdue dans la famille; connaissant d'ailleurs les richesses et les dignités que son
fils acquerrait par son mariage avec Marguerite et auxquelles elle participerait,
après avoir mis en usage en vain tous les
moyens de persuasion, elle s'était déci-
dée à fabriquer un conte aussi faux qu'il
était horrible, et dont elle fit part à son
fils la veille de son mariage projeté avec
Eléonore. Elle lui avait assuré qu'il n'é-
tait pas son fils, mais le rejeton du com-

merce illicite de son mari, le prédicateur,
avec la mère puritaine d'Eléonore, qui
avait été autrefois l'une de ses ouailles,
et qui, de l'admiration pour ses sermons, avait passé à celle de sa personne.
Cette liaison, avait-elle dit, lui avait
causé de grandes inquiétudes pendant
les premières années de son mariage.
Elle ajouta que l'attachement réel de
Marguerite pour son cousin avait pal-
lié l'horreur de son action à ses yeux ;
mais que quand elle avait vu son fils,
le jour de son mariage projeté, quitter
sa maison avec désespoir pour courir
sans savoir où, elle avait eu un moment
l'idée de le rappeler et de lui tout avouer.
Bientôt cependant son cœur s'était endurci par la certitude que son secret

VI. 17

était parfaitement sûr : car elle avait fait
jurer à son fils qu'il ne le révélerait jamais, par respect pour la mémoire de
son père et par pitié pour la coupable
mère d'Eléonore.

Tout réussit au gré de ses criminels
désirs. Sandal n'eut bientôt plus pour
Eléonore que des yeux de frère, et l'i-
mage de Marguerite trouva place dans
son cœur tendre et qui sentait le besoin d'aimer ; mais, comme il n'arrive
que trop souvent aux artisans de frau-
des et d'impostures, l'accomplissement
apparent de ses vœux mit le comble à
sa ruine. Le mariage de John et de Marguerite n'ayant point produit d'héritier, les biens passèrent au parent éloigné dont je vous ai parlé, et son fils,

privé de sa raison par les chagrins que
ses artifices lui avaient causés, se vit réduit à vivre de la modique pension que
ses services passés lui avaient fait obtenir.

Quand la veuve Sandal eut expiré,
Eléonore se retira dans sa chaumière du
comté d'York avec l'objet infortuné
de ses constantes amours et de ses tendres soins, et elle consacra le reste de
ses jours à veiller sur lui et à guetter le
retour d'une raison qui ne devait plus
revenir.

Après avoir, pendant deux ans, dé-
pensé une grande partie de sa fortune
à consulter les premiers médecins de
l'Angleterre, elle renonça enfin à toute
espérance, réfléchissant que le revenu

d'un capital, ainsi diminué, suffirait à
peine pour procurer quelques-uns des
agrémens de la vie à celui qu'elle avait
résolu de ne jamais abandonner, elle
resta désormais tranquille à côté de son
triste compagnon, et devint un exemple
de plus du dévouement dont le cœur
d'une femme est capable, ne se lassant
jamais de faire le bien, sans qu'il ait
besoin d'être excité, soit par la passion,
soit par les applaudissemens, soit même
par la reconnaissance de l'objet qui
ignore ce que l'on fait pour lui.

Elle passe la journée entière à ses
côtés; elle regarde attentivement cet œil
jadis si brillant, et qui maintenant se
fixe sur elle sans vie et sans expression.
Elle songe à ce sourire si plein de grâce

et d'esprit, et ne voit qu'un sourire vague qui cherche à plaire et ne peut rien exprimer. Elle détourne la tête et se repaît de souvenirs. Elle se rappelle le héros et l'amant; celui qui réunissait tout ce qui pouvait éblouir les yeux, exalter l'imagination et attendrir le cœur. Elle le voit tel qu'il lui parut le premier jour. Tout à coup elle se réveille en sursaut en l'entendant rire; elle voudrait partager sa joie, et lui-même ne sait pas l'expliquer.

Il lui reste cependant une consolation. Parfois la mémoire lui revient pour un instant; il parle, et c'est son nom et non pas celui de Marguerite qu'il prononce. Un rayon d'espoir brille dans son cœur quand elle l'entend;

mais il se dissipe avec le rayon faible
et errant qui a paru vouloir un instant
éclairer la raison de l'infortuné.

Sa santé est le premier objet de ses
soins. Tous les soirs elle le conduit à
la promenade, et cherche les sentiers
les plus écartés, afin d'éviter les personnes dont les indécentes railleries ou
la froide pitié seraient à la fois pénibles
pour elle et fatigantes pour son ami,
dont la douceur avait survécu à la raison.

Ce fut à cette époque que je fis la
connaissance...... je veux dire qu'un
étranger qui avait fixé sa demeure près
du hameau qu'habitait Eléonore, commença à suivre de loin ces deux individus pendant leurs promenades lentes

et solitaires. Il les épiait tous les soirs.
Il était instruit de tout ce qui avait rapport à ces infortunés, et songea dès
lors à en profiter. Leur vie était si retirée, qu'il ne pouvait espérer d'être
présenté chez eux. Il chercha donc à
gagner leur amitié en rendant de temps
à autre de légers services au malade.
Quelquefois il ramassait les fleurs, que
sans le savoir, Sandal jetait dans le ruisseau, et puis il écoutait avec un sourire gracieux les paroles entrecoupées
par lesquelles l'infortuné, qui conservait toute l'amabilité de son esprit
éteint, s'efforçait de lui témoigner sa
reconnaissance.

Eléonore en éprouvait aussi de son
côté; mais elle sentait quelques alarmes

de l'assiduité avec laquelle l'étranger se trouvait tous les jours sur ses pas ; et soit qu'on l'encourageât ou qu'on le repoussât, il imaginait toujours quelque nouveau moyen de s'insinuer auprès d'eux. Ni la noble tristesse qui marquait les manières d'Eléonore, ni son profond abattement, ni ses saluts accompagnés de courtes réponses, ne purent vaincre la douce, mais infatigable importunité de cet inconnu.

Au bout de quelque temps, il risqua de lui parler de ses chagrins : c'est là un moyen certain d'obtenir la confiance des malheureux. Eléonore commença à prêter l'oreille à ses discours, et quoiqu'elle ne pût s'empêcher d'être étonnée de la connaissance qu'il mon-

trait de toutes les circonstances de sa
vie, elle éprouva aussi de la consolation de l'air de sympathie avec lequel
il parlait; mais surtout de l'espoir vague
et mystérieux qu'il cherchait à lui
inspirer. Il ne s'expliquait point à ce
sujet, et même ce qu'il en disait, paraissait souvent lui échapper involontairement. Les habitans du hameau,
que l'oisiveté rendait curieux, ne tardèrent pas à remarquer que l'étranger
et Eléonore étaient inséparables dans
leurs promenades du soir.

Environ quinze jours après que l'on
eut fait pour la première fois cette
observation, Eléonore se présenta un
soir chez un ecclésiastique du voisinage. L'heure était déjà avancée, la

pluie tombait par torrens; Eléonore,
trempée et la tête découverte, frappait
à coups redoublés à la porte. On la fit
entrer, et la surprise de son hôte vénérable, à cette visite inattendue, se changea en effroi, quand elle lui en eut
communiqué la cause. Il avait d'abord
imaginé, connaissant la cruelle position
où elle se trouvait, que la présence
d'une personne aliénée avait eu sur son
esprit un effet contagieux.

Elle avait, comme de coutume, rencontré l'étranger à la promenade. Il
avait enfin osé faire une proposition
qu'Eléonore se sentit à peine la force de
répéter à l'ecclésiastique. Cette proposition épouvantable et le nom, presque
aussi épouvantable, de l'étranger, oc-

casionèrent au pasteur une vive émotion. Après avoir gardé un assez long silence, il demanda à Éléonore la permission de l'accompagner un soir à la promenade. Elle y consentit, et fixa le rendez-vous au lendemain.

Il est nécessaire d'observer que cet ecclésiastique avait passé quelques années sur le continent, et que pendant ses voyages il lui était arrivé des aventures au sujet desquelles il courait les bruits les plus étranges, quoiqu'il gardât à leur égard le plus profond silence. Fixé depuis peu de temps dans les environs, il ignorait les événemens qui avaient marqué la vie d'Eléonore.

Le douteux crépuscule se fondait déjà dans les ombres de la nuit quand le

pasteur quitta sa maison et se dirigea
vers le lieu qu'Eléonore lui avait indiqué et où elle rencontrait d'ordinaire
l'étranger.

Ils y étaient déjà quand il arriva. Le
visage détourné et l'air effrayé d'Eléonore, la sévère et calme importunité
de l'étranger ne lui permirent pas de se
méprendre sur le terrible sujet de leur
conversation. Tout à coup il s'avance et
se présente aux yeux de l'étranger. Ils
se reconnaissent sur-le-champ. Les traits
de l'étranger offrirent une expression
qui ne s'y était jamais peinte auparavant; c'était celle de la crainte. Il s'arrêta un moment, et se retira ensuite
sans prononcer un mot et ne revint
plus jamais obséder Eléonore.

Ce ne fut qu'au bout de quelques jours que l'ecclésiastique se sentit assez remis de l'émotion que cette rencontre lui avait causée pour pouvoir en expliquer le motif. Il fit dire pour lors à Éléonore que quand elle serait disposée à le recevoir, il aurait l'honneur de se rendre chez elle. Elle fixa le soir même. Il arriva, et quand le pauvre malade fut couché, quand ils furent assurés que rien ne les interromprait, ils s'assirent en face l'un de l'autre. Éléonore tremblait involontairement en songeant au récit qu'elle allait entendre; et le pasteur, ému lui-même ne commença qu'après un silence la relation qu'il lui avait promise.

Il lui dit d'abord qu'il avait connu

dans sa jeunesse un Irlandais nommé
Melmoth, dont la vaste érudition et
l'esprit vif et profond lui avaient inspiré
un intérêt tel que leur liaison n'avait
pas tardé à devenir intime. Plus tard,
jeté dans des routes différentes, il l'avait
perdu de vue; mais au commencement
des troubles civils, ayant cherché, avec
son père et sa famille, un asile en Hollande, il y avait de nouveau rencontré
Melmoth, qui lui avait proposé un
voyage en Pologne, offre qu'il avait ac-
ceptée avec plaisir. Il y avait fait la connaissance d'Albert Alasco, l'aventurier
polonais, dont il raconta à Eléonore
plusieurs traits extraordinaires.

« Je ne fus pas long-temps, » dit-il
ensuite, « à découvrir que Melmoth

s'était irrévocablement attaché à l'étude de cet art justement abhorré de tout chrétien. Il avait eu la faiblesse d'ajouter foi à ceux qui lui avaient promis la connaissance et le pouvoir du monde à venir... mais à des conditions qu'on ne peut répéter. »

Une expression étrange agita ses traits à ces mots. Il se remit cependant et ajouta :

« A compter de ce moment notre liaison fut rompue. Je jugeai que Melmoth était entièrement livré aux illusions du démon, qu'il était au pouvoir de l'ennemi!

« Je n'avais pas vu Melmoth depuis plusieurs années et je me préparais à quitter l'Allemagne, quand la veille de

mon départ on me fit dire qu'un de mes
amis, se croyant sur le point de mourir,
désirait entretenir un ministre protes-
tant. Nous étions sur les terres d'un
électeur ecclésiastique. Je m'empressai
de me rendre chez le malade. En entrant
dans la chambre où j'avais été introduit
par un domestique qui se retira sur-le-
champ en fermant la porte après lui, je
fus surpris de la voir remplie de livres
et d'instrumens d'astrologie et d'autres
dont je ne pouvais deviner l'usage.
Dans un des coins il y avait un lit, au
chevet duquel je ne vis ni médecins, ni
parens, ni amis. J'y jetai les yeux, et à
ma grande surprise j'y distinguai la
figure de Melmoth. Je m'avançai et je
voulus lui adresser quelques mots de

consolation. Il me fit signe de la main de garder le silence et je me tus. Le souvenir de ce qu'il avait été et la situation où il se trouvait me causèrent plus de frayeur encore que d'étonnement.

« Approchez, dit Melmoth, en parlant d'une voix très-affaiblie, encore plus près. Je me meurs.... vous ne savez que trop bien comment ma vie a été passée. J'ai commis le grand péché des anges..,. je me suis livré à l'orgueil... j'ai été fier de ma raison. C'est le premier des péchés mortels... J'ai aspiré après des connaissances défendues. Maintenant, je me meurs. Je ne recherche point les cérémonies de la religion. Je n'ai pas besoin de mots qui n'ont pas de sens pour moi, ou que du moins je voudrais

VI.   18

qui n'en eussent pas. Ne me jetez pas ces regards d'horreur. Je vous ai fait appeler pour exiger de vous la promesse solennelle de cacher ma mort au monde entier. Que personne ne sache jamais où ni comment j'ai cessé d'exister.

« Sa voix était si claire, son ton si énergique, que je ne pus me persuader qu'il fût réellement dans l'état qu'il disait, et je lui répondis : Mais je ne saurais croire que vous soyez mourant. Votre intelligence est nette, votre voix forte, votre langage suivi, et sans la pâleur de votre teint et votre position dans ce lit, je croirais à peine que vous êtes malade. — Avez-vous, reprit-il, la patience et le courage nécessaires pour attendre la preuve de ce que je vous dis? — Je répondis que je ne manquais point de patience, et quant au courage, j'invoquai en secret cet Etre que j'honorais trop pour en prononcer le nom en sa présence. Il me comprit, et répondit par un sourire affreux; puis montrant du doigt une pendule placée au pied de son lit, il dit : Observez bien cette pendule. Elle marque présentement onze heures. Mes idées sont nettes, et j'offre les apparences de la santé. Restez encore une heure et vous me verrez sans vie.

« Je ne quittai pas le chevet de son lit. Les yeux de l'un et de l'autre restaient fixés sur la pendule : il m'adressait de temps à autre la parole; mais

ses forces diminuaient visiblement. Il
me répéta plusieurs fois qu'un secret
inviolable était de la plus haute importance, même pour moi; et il me laissait
entendre que nous pourrions nous revoir. Je lui demandai pourquoi il avait
jugé convenable de me confier un secret, dont la divulgation devait avoir
des suites si graves, tandis qu'il n'eût
tenu qu'à lui de le tenir toujours caché.
Il ne me répondit pas. Cependant l'aiguille de la pendule approchait de minuit. Ses traits changeaient, ses yeux
s'affaiblissaient, sa voix n'articulait plus,
sa bouche s'affaiblissait; enfin sa res-
piration cessa. Je tâtai son pouls, il ne
battait plus; j'appliquai une glace à sa
bouche, elle ne fut point ternie. Au

bout de quelques instans son corps se refroidit tout-à-fait. Je ne quittai l'appartement qu'au bout d'une heure, il ne donnait aucun signe d'un retour à la vie.

« Des circonstances malheureuses me retinrent long-temps sur le continent. Je le parcourus en tous sens, et partout j'entendais répéter que Melmoth vivait encore. Je n'ajoutai cependant aucune foi à ces bruits, et je revins en Angleterre bien convaincu qu'il était mort. *Cependant c'est Melmoth qui marchait et qui parlait avec vous hier au soir.* Mes yeux l'ont reconnu sur-le-champ. Il est tel que je l'ai vu il y a bien des années, quand ma marche était ferme et mes cheveux noirs. J'ai changé, mais il est toujours le même; il semble que le temps n'ait pas osé porter la main sur lui. Il m'est impossible de concevoir par quel moyen il a pu prolonger ainsi son existence posthume et contre nature, à moins que le bruit terrible qui suivait partout ses pas sur le continent ne soit réellement fondé sur la vérité. »

Eléonore, poussée à la fois par la frayeur et par une curiosité vague, demanda quel était ce bruit qu'elle tremblait de deviner.

« N'en demandez pas davantage, » dit l'ecclésiastique, « vous en savez déjà plus qu'aucune oreille humaine aurait jamais dû entendre, aucun esprit humain concevoir. Qu'il vous suffise d'avoir été mise en état par la puissance divine, de repousser les assauts du malin esprit. L'épreuve a été terrible, mais le résultat en sera glorieux. Si l'ennemi continue ses attaques, rappelez-vous qu'il a déjà été repoussé des cachots et des échafauds, du milieu des cris de Bedlam et des flammes de l'Inquisition. Il lui reste à être vaincu par l'adversaire le plus faible : un cœur flétri par une passion malheureuse. Il a parcouru la terre pour chercher des victimes à dévorer. Il n'a point trouvé de proie, même dans les lieux où il se flattait d'en rencontrer. Que ce soit pour vous un sujet de gloire et de joie, que dans votre faiblesse, vous ayez ainsi remporté la victoire à l'aide de ce pouvoir qui doit toujours anéantir le sien.

....

Quelle est cette femme, affaiblie par le chagrin, qui soutient avec peine un malade exténué, et qui semble avoir elle-même besoin de support? C'est toujours Eléonore, donnant le bras à John. Leur route est la même; mais les années se sont écoulées sur leur tête. La soirée est triste : le vent d'automne siffle dans les arbres; le ruisseau roule, à côté d'eux, ses eaux troubles, les feuilles desséchées résonnent sous leurs pas.

Tout à coup le malade indique, par un signe, qu'il désire s'asseoir. Sa fidèle compagne le conduit vers un tronc d'arbre couché, et se place à côté de lui. Il pose sa tête sur son sein, et elle sent, avec surprise et ravissement, des pleurs

couler de ses yeux, pour la première
fois, depuis longues années. Il lui serre
doucement la main : ce mouvement semble indiquer le retour de son intelligence. Elle le regarde, pleine d'un espoir qu'elle ne peut exprimer. Il lève
lentement la tête, et fixe les yeux sur
elle. Dieu puissant et consolateur ! son
regard est celui d'un être raisonnable.
Il la remercie, par un coup d'œil déli-
cieux, de tous ses soins, des longs et
pénibles travaux de l'amour. Il ouvre la
bouche ; mais ses lèvres ont perdu l'habitude de prononcer des paroles hu-
maines. Il fait un effort difficile ; il le
répète et ne réussit point. Les forces lui
manquent, ses yeux se ferment ; son
dernier soupir s'exhale sur le sein de la

fidélité et de l'amour; et, peu de jours
après, Eléonore dit, à ceux qui entouraient son lit, qu'elle mourait heureuse,
puisqu'il l'avait reconnue. Elle fit un
signe à l'ecclésiastique, qui le comprit
et y répondit.

CHAPITRE XXXIX.

LE seigneur don Francisco d'Aliaga, poursuivant le lendemain son voyage, ne put s'empêcher de se dire qu'il était inconcevable qu'un homme auquel il n'avait donné aucun encouragement, s'obstinât ainsi à le poursuivre, tantôt lui racontant des histoires qui n'avaient aucun intérêt pour lui, tantôt passant une journée entière à ses côtés sans ouvrir une seule fois la bouche.

«Seigneur,» dit tout à coup l'étranger, parlant, pour la première fois, depuis le matin, et comme s'il eût deviné la pensée de son compagnon de voyage : « Je conviens que vous avez dû trouver étrange que je vous aie retenu si long-temps hier pour écouter une histoire qui n'avait aucun rapport à vous. Permettez - moi de vous en dédommager par une autre fort courte, et à laquelle je me flatte que vous prendrez un intérêt tout particulier. »

— « Vous m'assurez qu'elle sera courte ? » dit Aliaga.

— « Sans doute, et j'ajouterai qu'elle sera la dernière dont je vous importunerai. »

— « Puisqu'il en est ainsi, poursuivez, au nom de Dieu ; mais surtout je vous recommande un peu de ménagement. »

« Il y avait une fois, » dit l'étranger, « un certain marchand espagnol qui avait acquis, par le commerce, une fortune considérable; cependant, au bout de quelques années, ayant fait des spéculations malheureuses, il jugea devoir accepter l'offre que lui fit un de ses parens, de passer aux Indes, et d'y former une association avec lui. Il s'y rendit donc avec sa femme et son fils, laissant en Espagne une fille encore dans l'enfance. »

« Cela ressemble bien à mon histoire, » dit Aliaga, sans se douter de ce que l'étranger voulait dire.

— « Deux années rétablirent nonseulement sa fortune, mais encore lui donnèrent l'espérance de l'augmenter

considérablement. Il résolut donc dès
lors de se fixer aux Indes, et il écrivit en
Europe, pour que sa fille vînt le trouver, avec sa nourrice, négresse d'une
fidélité à toute épreuve, et qui était
déjà, depuis plusieurs années, à son
service. »

« Ceci me rappelle ce qui m'est arrivé, » observa encore Aliaga, dont la
conception n'était pas très-prompte.

— « Elles s'embarquèrent, en effet,
par la première occasion qui s'offrit. Le
vaisseau fit naufrage, et le bruit courut
que la nourrice et l'enfant avaient péri
avec tout l'équipage. On découvrit, au
contraire, plus tard, qu'elles seules s'é-
taient sauvées, et qu'elles avaient dé-
barqué dans une île déserte, où la

nourrice était morte de fatigue et de
besoin, tandis que l'enfant avait survécu, et était devenue une charmante
fille de la nature, vivant de fruits, couchant sur des roses, buvant l'onde pure
de la source, respirant l'harmonie du
ciel, et répétant le petit nombre de
mots européens que sa nourrice lui
avait appris, en réponse aux chants des
oiseaux et au murmure des ruisseaux,
dont la musique, pure et sainte, était
d'accord avec son cœur céleste. »

« Je n'ai jamais entendu parler de
tout cela, » dit tout bas Aliaga. L'é-
tranger continua :

« Un vaisseau en détresse ayant enfin
abordé dans cette île, le capitaine dé-
livra cette aimable victime de la bruta-

lité de ses matelots ; et jugeant, d'après
la langue qu'elle parlait, qu'elle appar-
tenait à une famille espagnole fixée aux
Indes, il résolut, en homme d'honneur,
de la rendre à ses parens. Il la conduisit
donc à Bénarès, où il fit les recherches
nécessaires, et où elle retrouva sa famille. »

A ces mots, Aliaga regarda l'étranger
d'un air égaré. Il aurait voulu l'interrompre, mais il n'en eut pas la force.

— « J'ai depuis entendu dire que
cette famille était retournée en Espagne.
La belle habitante de l'île déserte est
devenue l'idole de vos cavaliers de Madrid, des promeneurs du Prado. Mais
écoutez-moi bien ! Un œil est fixé sur
elle, dont le regard est plus dangereux

que celui du serpent! Un bras s'apprête
à la saisir, dont les étreintes font frémir
l'humanité! Ce bras l'a lâchée pour un
moment : ses muscles frémissent d'horreur et de pitié. Il laisse sa victime en
liberté, et fait signe à son père pour
qu'il vole à son secours! Don Francisco,
me comprenez-vous maintenant? Cette
histoire a-t-elle quelque intérêt pour
vous! En sentez-vous l'application? »

Il s'arrêta; mais Aliaga, muet d'horreur, ne put lui répondre que par une
faible exclamation.

« Si je ne me suis pas trompé, ne
perdez pas un moment pour sauver votre fille! »

En disant ces mots, il piqua sa mule
et disparut dans un sentier étroit, entre

les rochers, qu'aucun voyageur humain
ne paraissait avoir encore parcouru.
Aliaga n'était pas, par sa nature, sus-
ceptible d'impressions bien fortes; sans
quoi cet avertissement, la manière mystérieuse dont il avait été donné, le
lieu sauvage où il se trouvait et où l'é-
tranger avait disparu à sa vue, auraient
eu sur lui un effet inévitable. Il n'en fut
rien. A la vérité, dans le premier moment, il résolut de retourner chez lui
sans perdre un instant; il écrivit même
dans ce sens à sa femme; mais, étant arrivé dans le lieu où il devait passer la
nuit, il y trouva des lettres d'affaires qui
l'y attendaient. Son correspondant lui
annonçait la faillite probable d'une maison de commerce établie dans une ville

éloignée de sa route, mais où sa présence pouvait être de la plus haute importance pour ses intérêts. Il y avait
aussi des lettres de Montillo, qui lui
disaient que la santé de son père était
dans une situation si précaire, qu'il ne
pouvait songer à le quitter avant que
son sort fût décidé. La fortune du fils
et la vie du père dépendaient également
de cette décision.

Après avoir lu ces lettres, l'esprit d'A-
liaga reprit son pli accoutumé. D'ailleurs, l'image mystérieuse de l'étranger
et le souvenir de ce qu'il avait raconté
se dissipaient peu à peu. Il se glorifia
de cet oubli, et attribua à son courage
ce qui n'était qu'un effet de son indifférence. Aliaga se mit donc en route pour

la ville où ses intérêts l'appelaient, et il écrivit à son épouse que quelques mois s'écouleraient peut-être encore avant qu'il retournât aux environs de Madrid.

Le reste de la terrible nuit qui vit disparaître Isidora, se passa, de la part de donna Clara, dans un sombre désespoir: car, malgré la froideur de son caractère, elle conservait encore les sentimens d'une mère, et le bon père Jozé partagea sa douleur.

L'inquiétude de donna Clara était augmentée par la crainte qu'elle avait de la colère de son époux, et des reproches qu'il pourrait lui faire d'avoir négligé, d'une manière impardonnable, les devoirs maternels. Elle fut plusieurs fois tentée, dans le cours de cette affreuse nuit, de réveiller son fils, et de lui demander des conseils et du secours; mais la violence connue de ses passions la retint; et elle resta donc livrée, jusqu'au jour, à une douleur muette que rien ne put calmer. Puis tout à coup, mue par une impulsion dont elle ne put se rendre compte, elle se leva de son fauteuil, et se rendit, en toute hâte, à l'appartement de sa fille, comme si elle eût imaginé que les événemens de la nuit précédente n'étaient que les suites d'un songe inquiet que les premiers rayons de l'aurore devaient dissiper.

Tout en effet lui en offrit l'apparence. En s'approchant du lit, elle vit Isidora dormant du sommeil le plus profond. Sur sa bouche se peignait un doux, un

tranquille sourire. Donna Clara poussa
un cri de joie, dont le bruit réveilla le
père Jozé, qui s'était endormi, sur une
chaise, à l'approche du jour. Il accourut
aussi promptement que le permettait sa
rotondité naturelle, et son étonnement
fut au comble au spectacle qui se présenta à lui.

« Ne la troublons pas, » dit-il enfin ;
« elle est sans doute fatiguée après la
nuit qu'elle doit avoir passée. »

« O mon père ! » s'écria donna Clara,
« ne m'abandonnez pas dans cette extré-
mité ! Ce que nous voyons est l'ouvrage
de la magie, des esprits infernaux. Ne
le pensez-vous pas comme moi ? »

Cette question était, au fond, fort
embarrassante : car le bon père, qui

était un excellent homme, n'avait pas
une instruction très-profonde. Il aurait
voulu répondre à donna Clara d'une
manière satisfaisante ; mais le fait est
qu'il ne savait pas lui-même comment
expliquer ce qu'il voyait. Il ouvrit les
yeux, fronça le sourcil, serra les lèvres ;
et, au moment où donna Clara s'imaginait qu'il allait enfin lui dévoiler le
mystère qu'elle brûlait de savoir, il lui
dit qu'excessivement fatigués l'un et
l'autre, ils feraient bien d'imiter donna
Isidora, et de prendre un peu de repos jusqu'à l'heure du déjeuner. Donna
Clara voulut en vain le faire parler, elle
n'en put obtenir davantage, et fut obligée de céder.

Le père Jozé fut réveillé de meilleure heure qu'il ne l'aurait voulu par un messager de donna Clara, qui, tourmentée par l'inquiétude ordinaire aux âmes faibles, le pressait de venir conférer avec elle sur le sujet qui la préoccupait. Son premier point était de cacher, s'il était possible, l'absence momentanée de sa fille; et elle sentit son courage se ranimer, quand elle eut remarqué qu'aucun des domestiques ne paraissait s'en être aperçu, et qu'*un seul vieux serviteur était absent.* Elle fut encore plus tranquillisée par la réception d'une lettre de son mari, qui lui annonçait la prolongation de son absence. Il lui semblait avoir obtenu le sursis d'un arrêt.

Elle fit part de ces circonstances au père
Jozé, qui l'engagea à s'assurer du silence
de ses domestiques par des cadeaux.

Il parlait encore quand Isidora entra
dans le salon, et son aspect les étonna
tous deux. Son air était calme, sa démarche tranquille; elle paraissait n'avoir
aucune idée de l'inquiétude et de la douleur que son absence avait inspirée. Après
le premier silence causé par la surprise,
elle fut accablée de questions, que sa
mère et le père Jozé auraient pu s'épargner la peine de lui faire : car, pendant
plusieurs jours, ni les remontrances, les
prières ou les menaces de donna Clara,
ni l'autorité spirituelle du confesseur ne
purent tirer d'elle un seul mot d'explication. Quand on la pressait vivement,

VI.   20

l'esprit d'Isidora montrait un peu de
cette indépendance à laquelle sa première existence l'avait habituée. Elle
avait été maîtresse de toutes ses actions
pendant dix-sept ans; et, quoique naturellement douce et traitable, quand
la médiocrité impérieuse prétendait la
tyranniser, elle éprouvait un sentiment
de dédain qu'elle ne pouvait exprimer
que par un profond silence.

Ce secret ne pouvait cependant pas
en rester toujours un. Quelques mois
s'écoulèrent, et les visites de son époux
donnèrent à l'esprit d'Isidora une tranquillité et une confiance habituelle. Melmoth, lui-même, changeait peu à peu
sa féroce misantropie contre une espèce
de tristesse pensive. Isidora voyait ce

changement avec une joie inexprimable.
Elle espérait qu'une liaison assidue avec
elle le ferait participer à la tranquille
pureté du cœur d'une femme.

Une nuit, Melmoth la trouva chan-
tant une hymne à la Vierge, et s'ac-
compagnant sur son luth.

« Il me semble, » lui dit-il avec un
sourire affreux, « qu'il est bien tard
pour adresser à la Vierge votre prière
du soir. Il est minuit passé. »

« On m'a assuré, » répondit Isidora, « que son oreille était ouverte
en tout temps. »

— « S'il en est ainsi, mon aimable
amie, ajoutez un verset pour moi. »

« Hélas! » dit Isidora en laissant

tomber son luth, « vous ne croyez pas
à ce qu'enseigne l'Eglise ! »

— « Oui, j'y crois quand je vous
écoute. »

— « N'y croyez-vous qu'alors ? »

— « Répétez votre hymne à la
Vierge. »

Isidora obéit, et observa l'effet qu'elle
faisait sur son auditeur. Il paraissait
ému. Quand elle eut fini, il lui fit signe
de chanter encore.

« Mon ami, » lui dit-elle, « ces ré-
pétitions si fréquentes ne ressemblé-
raient-elles pas plutôt à une représen-
tation théâtrale, qu'à une prière que j'a-
dresse au Dieu que j'aime ? »

— « Et pourquoi parlez-vous comme

si je ne partageais point cet amour pour
Dieu ? »

— « Allez-vous à l'église ? »

Un profond silence fut toute la réponse de Melmoth.

— « Recevez vous les sacremens ? »

Il ne répondit pas davantage.

— « M'avez-vous jamais, malgré
mes prières réitérées, permis d'annoncer à ma famille inquiète le lien qu
nous unissait ? »

Pas de réponse.

— « Et maintenant.... que....., peut-
être.... je n'ose exprimer ce que je sens !
Oh ! comment oserai-je paraître devant
des yeux qui m'épient de si près ?.....
Que dirai-je ?.... Femme sans époux !....
Mère, sans père pour mon enfant, où

du moins avec un père que le serment
le plus terrible me force à ne jamais dé-
clarer! O Melmoth! ayez pitié de moi;
délivrez-moi de cette vie de contrainte,
de fausseté et de dissimulation; allez me
réclamer comme votre épouse, en présence de ma famille, et votre épouse
vous suivra, s'attachera à vous, périra
avec vous! »

En disant ces mots, elle le serrait
dans ses bras, et ses larmes inondaient
les joues de son époux. Une femme ne
nous implore presque jamais en vain
dans un moment de honte et d'effroi.
Melmoth fut sensible à sa prière; mais
il ne le fut qu'un instant. Regardant sa
victime d'un air sérieux et inquiet, il
lui demanda si ce qu'elle venait de lui

dire était vrai. Elle s'éloigna involontairement, et ne répondit que par son
silence. La nature se fit entendre au
cœur de Melmoth. Il se dit à lui-même :
Cet enfant est le mien ; le fruit de l'a-
mour, le premier né du cœur et de la
nature ; il est à moi, et, quelque chose
qui m'arrive, je laisserai après moi un
être qui priera pour son père, même
quand ses prières tomberaient dans les
flammes qui me consumeront à jamais,
et s'y évaporeraient comme une goutte
de rosée sur les sables brûlans du
désert !

A compter de ce jour, la tendresse
de Melmoth pour sa femme augmenta
d'une manière visible. Le Ciel pourrait
seul expliquer la source du sauvage

amour avec lequel il la contemplait, et
auquel se mêlait toujours un peu de fé-
rocité. Il se peut qu'il ait cherché dans
l'avenir quelque nouvel objet pour ses
funestes expériences, et qu'il ait pensé
qu'un enfant qui lui serait parfaitement
soumis y serait plus propre qu'aucune
autre créature. Quoi qu'il en soit, il
parla de l'événement avec autant d'inquiétude qu'un père qui partage tous
les sentimens de l'humanité.

Tranquilisée par sa conduite, Isidora
supporta, sans se plaindre, tous les
désagrémens attachés à sa nouvelle position, et qui étaient rendus plus pénibles par ses craintes et par le mystère
dont elle était obligée de s'envelopper.
Elle espérait que Melmoth la récom-

penserait enfin, par un aveu public et
honorable; mais elle n'exprimait cet
espoir que par son silence et son sourire. Le moment approchait cependant
à grands pas, et les inquiétudes les plus
cruelles commencèrent à l'agiter sur le
sort d'un enfant né dans des circonstances si mystérieuses. Quand Melmoth
revint, il la trouva en pleurs.

« Hélas ! » répondit-elle, quand il
lui en eut demandé le motif, « N'ai-je
pas assez de raisons pour pleurer ? Et
cependant ai-je répandu bien des larmes ? Il n'y a que vous seul qui puissiez
en tarir la source. Je sens que l'événement qui s'approche me deviendra fatal.
Je sais que je ne vivrai pas assez long-
temps pour voir mon enfant. Dans cette

VI. 21

persuasion, j'exige de vous la seule promesse qui puisse me consoler. »

Melmoth l'interrompit pour lui dire
que ses craintes étaient l'effet naturel de
sa position, et que bien des mères, en-
tourées d'une nombreuse progéniture,
souriaient en se rappelant que chacun
de leurs enfans semblaient devoir leur
coûter la vie. Isidora secoua la tête,
et dit :

« Les présages que je sens sont de
ceux que les mortels n'ont jamais eus
en vain. J'éprouve une impression profonde, aussi inexplicable qu'ineffaçable.
Il semble que le Ciel me parle dans la
solitude ; il m'ordonne de garder son
secret, et me menace, si je le divulgue,
de ne trouver que des incrédules. O

Melmoth, ne souriez pas d'une manière si effrayante quand je parle du Ciel, et songez que, peut-être sous peu, vous n'aurez que moi pour y intercéder en votre faveur. »

« Mon aimable sainte, » dit Melmoth en riant et en se mettant à genoux, « permettez-moi de m'y prendre dès à présent pour m'assurer de votre médiation. Croyez que je n'aurai rien de plus pressé que de vous faire canoniser. Vous me fournirez sans doute une ample liste de miracles! »

« *Puisse votre conversion être le premier!* » dit Isidora avec une énergie qui fit frissonner Melmoth. Elle lui serrait la main, et s'étant aperçue qu'il tremblait, elle voulut poursuivre son

triomphe imaginaire. « Melmoth, »
s'écria-t-elle, « j'ai le droit d'exiger de
vous une promesse. J'ai fait pour vous
les plus grands sacrifices. Jamais femme
n'a donné des preuves d'une plus parfaite soumission. J'aurais pu voir les
époux les plus illustres mettre à mes
pieds leurs titres et leurs richesses.
Dans mon heure de souffrance, les premières familles de l'Espagne se seraient
pressées autour de ma porte. Mais je
dois souffrir cette terrible lutte de la
nature, seule, sans soutien, sans secours, sans consolation ; tandis qu'elle
est terrible même pour celles dont les
souffrances sont adoucies par la présence d'une mère, et qui entendent
répéter les premiers cris de leur enfant

par les cris de joie d'une famille entière.
O Melmoth! que doit-elle donc être
pour moi, qui souffrirai dans le silence
et dans la solitude, qui verrai mon
enfant arraché de mes bras avant que
j'aie pu l'embrasser? Accordez-moi
donc une chose, une seule chose. Jurez
que mon enfant sera baptisé selon les
rites de l'église catholique. Alors si mes
funestes présages s'accomplissent, je
mourrai du moins tranquille en songeant que je laisse après moi un être
qui priera pour son père, et dont les
prières pourront être exaucées. Ah!
si ma voix n'est pas digne d'être écou-
tée dans le ciel, celle d'un chérubin
pourra l'être. Le Sauveur qui sur la
terre a laissé approcher de lui les en-

fans ne les repoussera pas dans le
ciel. Oh! non... non! il ne repoussera
point le *vôtre*! »

« Pourquoi vous refuserai-je? » dit
Melmoth, « non, non; votre enfant
sera chrétien, mahométan, tout ce que
vous voudrez : car si vous changez
d'avis, vous n'auriez qu'à me le dire. »

« Je ne serais pas là pour vous le
dire! » reprit Isidora.

Dans ce moment, les cloches d'un
couvent voisin se firent entendre. On
distingua même un chant solennel et
montone. C'était l'office des morts que
les religieux célébraient pour un de
leurs frères qui venait de mourir.

« Ecoutez, » dit Isidora. « La voix
qui parle ainsi, n'est-elle pas celle de

la vérité? Ah! si la vérité ne se trouve
pas dans la religion, il n'y en a
point sur la terre! Celui qui n'a point
de Dieu, ne saurait avoir de cœur.
O mon ami, quand vous vous agenouil-
lerez sur la pierre qui me couvrira, ne
desirerez-vous pas que mon dernier
sommeil soit adouci par une semblable
musique? Promettez-moi du moins
que vous conduirez mon enfant vers ma
tombe, et que vous lui ferez lire la
simple inscription qui lui apprendra
que je suis morte dans la foi chrétienne
et dans l'espoir de l'immortalité. Pro-
mettez-le moi! jurez-le-moi. »

« Votre enfant sera chrétien, » dit
Melmoth.

CHAPITRE XL.

UNE observation singulière et qui cependant repose sur des faits bien avérés, c'est que les femmes qui sont obligées de supporter tous les inconvéniens et toutes les inquiétudes d'une grossesse clandestine, se portent mieux que celles qui jouissent des tendres soins de parens et d'amis attentifs; et que des couches secrètes et illégitimes sont accompagnées de moins de dangers et de douleurs, que celles autour desquelles veillent et le talent et l'amitié. Isidora l'éprouva. La retraite dans laquelle

sa famille vivait, l'humeur de donna
Clara à qui le défaut de pénétration ne
permettait pas de jamais rien soupçonner d'extraordinaire ; ces circonstances,
jointes à la toilette du temps, lui permirent de cacher son état jusqu'au
dernier moment. Quand ce moment
approcha, on se figurera sans peine les
préparatifs mystérieux qui eurent lieu.
La nourrice importante, fière du dé-
pôt qui allait lui être remis, la femme
de chambre de confiance, le fidèle et
discret médecin ; Melmoth procura à
Isidora tout l'argent dont elle pourrait
avoir besoin, et sa prodigalité l'aurait
étonnée, vu l'extrême simplicité de ses
manières, si elle avait pu penser à autre

chose qu'au moment terrible qui approchait pour elle.

Un soir, quand tout annonçait que l'événement aurait lieu le lendemain, Melmoth qui était venu voir son épouse lui témoigna une tendresse plus vive qu'à l'ordinaire. Il la regardait souvent en silence et avec inquiétude. Il semblait avoir quelque chose à dire qu'il n'avait pas le courage de lui communiquer. Isidora, qui était versée dans ce langage muet, souvent plus expressif que celui de la parole, le pressait de lui dire ce qu'il pensait.

« Votre père revient, » dit enfin Melmoth avec regret. « Il sera certainement ici dans quelques jours; peut-être même dans quelques heures. »

Isidora l'écouta dans un silence plein d'horreur.

« Mon père ! » s'écria-t-elle ; « je n'ai jamais vu mon père ! Oh ! comment oserais-je maintenant l'aborder !... Mais ma mère ignore-t-elle son retour?..... Pourquoi ne me l'a-t-elle pas annoncé? »

— « Elle l'ignore encore ; mais elle ne tardera pas à l'apprendre. »

« — Et d'où avez-vous pu savoir une nouvelle qu'elle ignore? »

Melmoth fit une courte pause; sa physionomie prit une teinte plus sombre qu'elle ne l'avait fait depuis quelque temps; il répondit enfin avec hauteur et avec une répugnance marquée: « Ne me faites plus jamais de question semblable.

Les avis que je vous donne doivent être plus importans pour vous que les moyens dont je me sers pour les obtenir. Il suffit qu'ils soient vrais. »

« Pardonnez-moi, mon ami, » dit Isidora, « selon toutes les apparences, je ne vous offenserai plus. Ne me pardonnerez-vous donc pas ma dernière faute? »

Melmoth paraissait trop absorbé dans ses réflexions pour pouvoir répondre même aux larmes de sa femme. Il ajouta après un moment de silence: « Votre futur époux arrive avec votre père... Le père de Montillo est mort..., tout est arrangé pour votre mariage.... Votre frère qui est allé au-devant d'eux les accompagne.... On donnera une fête pour célébrer vos prochaines noces... Vous entendrez peut-être parler à cette fête d'un étrange convive.... J'y serai ! »

Isidora restait muette d'horreur. « Une fête ! » s'écria-t-elle, « une fête nuptiale. Mais je suis déjà *votre* épouse et au moment de devenir mère ! »

Comme elle achevait ces mots, on entendit des pas de chevaux dans l'avenue. Les domestiques se mirent à traverser en tumulte les appartemens pour aller au-devant des nouveaux arrivés. Melmoth disparut sur-le-champ, avec un geste qui ressemblait à une menace, et en moins d'une heure Isidora s'agenouilla devant le père qu'elle n'avait jamais vu; elle permit à Montillo de lui baiser la main et elle courut embrasser

son frère qui, la voyant pâle et conster-
née, fut sur le point de repousser ses ca-
resses.

La réunion se passa avec toute la so-
lennité espagnole. Un calme trompeur
régnait autour d'Isidora dont les inquiétudes s'étaient dissipées en s'aper-
cevant que le moment qu'elle craignait,
était moins proche qu'elle ne l'avait
pensé. Elle souffrit avec assez de patience
les préparatifs de ses noces. Elle montra du courage aux graves félicitations
de son père et de sa mère, aux attentions mêlées d'égoïsme de Montillo, sûr
désormais de posséder bientôt son
épouse et sa dot ; enfin au consentement
forcé de don Fernand qui ne cessait de
répéter que sa sœur aurait pu prétendre

à un parti plus illustre. Isidora écoutait tout avec sang-froid et se disait : quand ma main et celle de Montillo seraient déjà unies, Melmoth saurait bien m'arracher à lui. La persuasion vague du pouvoir surnaturel dont il était doué remplissait son esprit, et cette idée qui lui avait causé tant d'effroi dans l'origine de son amour, était alors la seule ressource, le seul espoir qui lui restât.

Le cœur du seigneur Aliaga se dilatait en voyant approcher le moment qui devait mettre le sceau aux projets qu'il avait formés, et sa bourse s'ouvrant avec son cœur, il résolut de donner une fête superbe pour célébrer le mariage de sa fille. Isidora, quand elle entendit parler de cette fête, se rappela la pré-

diction de Melmoth; et les mots qu'il
avait prononcés : J'y serai! lui inspirèrent pendant quelque temps une horrible confiance; mais à mesure qu'elle
voyait les préparatifs s'avancer, quand
elle s'entendit consulter sur les amuse-
mens à offrir et sur la décoration des
appartemens, le courage lui manqua et
elle répondit par quelques mots incohé-
rens et des regards égarés.

On se décida pour un bal masqué, et
Isidora s'étant imaginé que Melmoth
en profiterait, attendait avec impatience
qu'il lui fît part des moyens qu'il comp-
tait employer pour faciliter sa fuite. Il
ne lui dit rien, et ce terrible silence con-
firmait et ébranlait alternativement la
confiance qu'elle mettait en son pou-

voir. Dans un moment de désespoir, elle s'écria:

« Retirez-moi, retirez-moi d'ici! ma vie n'est rien; mais ma raison est sans cesse menacée. Je ne puis supporter plus long-temps l'horreur de ma position. Pendant toute cette journée, on m'a fait traverser en tous sens des appartemens magnifiquement décorés pour un mariage impossible! O Melmoth! si vous ne m'aimez plus, ayez du moins pitié de moi. Sauvez-moi! sauvez votre enfant! vous m'avez dit que vous pouviez approcher de ces murs, y entrer sans que l'on vous aperçût; vous vous êtes vanté du nuage dans lequel vous pouviez vous envelopper. Eh bien! couvrez-moi de ce nuage, et que je me sauve sous ses plis affreux,

VI. 22

dût-il être mon linceul. Songez à la nuit
terrible de notre union ! Tremblante,
je vous ai suivi. Les barrières s'ou-
vraient à votre voix ; vous parcouriez
un sentier inconnu, et cependant je
vous ai suivi. Oh ! si vous possédez
réellement ce pouvoir mystérieux et
inexplicable, que je n'ose croire et
dont je ne puis douter ; faites-en usage
dans cet affreux danger. Facilitez ma
fuite, et quoique je sente que je ne
vivrai point pour vous en témoigner
ma reconnaissance, songez que je parle
au nom d'un être encore sans voix,
mais qui un jour vous remerciera pour
moi ! »

Pendant qu'elle prononçait ce discours, Melmoth, attentif, gardait un

profond silence. A la fin, il lui dit :
« Vous abandonnez-vous donc à
moi? »

— « Hélas! ne l'ai-je pas déjà fait? »

— « Une question n'est pas une réponse. Voulez-vous, renonçant à tout
autre engagement, à toute autre espérance, vous fier à moi seul, pour vous
tirer de l'embarras cruel où vous vous
trouvez? »

— « Oui, je le veux. »

— « Voulez-vous me promettre que
si je vous rends le service que vous me
demandez, si j'emploie pour vous le
pouvoir que vous m'attribuez, vous
serez *à moi?* »

— « *A vous!* Ne le suis-je pas déjà? »

— « Vous vous livrez donc à *ma*
protection! Vous cherchez volontaire-
ment le secours du pouvoir que je puis
vous promettre? Vous *voulez* que j'emploie ce pouvoir pour vous sauver?.....
Parlez!..... Est-ce que j'interprète bien
vos sentimens? Je ne puis exercer ce
pouvoir que vous invoquez, à moins
que vous ne l'exigiez vous-même. J'ai
attendu que vous fissiez cette demande.
Vous l'avez faite. Plût au ciel qu'elle
ne l'eût jamais été! » L'expression
d'une atroce douleur altéra ses traits,
comme il disait ces mots. Il ajouta ensuite : « Mais vous pouvez encore vous
rétracter. Réfléchissez y bien! »

— « Vous ne voulez donc pas me
sauver de la honte et du danger?.....

Est-ce là la preuve que j'avais lieu d'attendre de votre amour?.... Est-ce là ce pouvoir si vanté? »

— « Si je vous conjure de réfléchir, si j'hésite moi-même et si je tremble... c'est pour vous donner le temps d'écouter les conseils salutaires de votre bon ange. »

— « Oh! sauvez-moi, » dit Isidora en tombant à ses pieds, « et vous serez mon ange tutélaire! »

Melmoth frémit en entendant ces paroles. Il la souleva, la consola et lui promit d'une voix sombre d'assurer sa fuite; puis tout à coup s'éloignant d'elle, il se mit à parcourir la chambre en prononçant des mots entrecoupés. Tout à coup ses regards s'arrêtèrent

sur un magnifique costume étalé sur
une chaise.

« Qu'est-ce que cela signifie? » s'é-
cria-t-il.

« C'est la robe que je dois porter
ce soir à la fête, » répondit Isidora.
Mes femmes approchent. Je les entends
à la porte. Oh! que mon cœur battra
quand je mettrai ces brillans vêtemens... «Vous ne m'abandonnerez donc
pas! » ajouta-t-elle au comble de l'inquiétude et de l'égarement.

« Ne craignez rien, » dit Melmoth
d'un ton grave. « Vous avez imploré
mon secours, et il vous sera accordé.
Puisse votre cœur être plus tranquille
quand vous ôterez cette robe, qu'au
moment où vous allez la mettre! »

L'heure avançait, et la société commençait à arriver. Isidora, élégamment parée, se mêlait dans les groupes, heureuse de la facilité que son masque lui procurait, pour cacher la pâleur de ses traits. Elle ne dansa qu'un instant avec Montilio, et s'excusa ensuite, sous prétexte qu'elle devait assister sa mère à recevoir et à entretenir ses amis.

Après un banquet somptueux, la danse recommença dans le salon, et Isidora s'y rendit avec les autres. Son cœur battait avec violence. Melmoth avait promis de venir à minuit, et elle voyait à la pendule qu'il n'y manquait plus qu'un quart d'heure. Bientôt le moment arrive, l'heure sonne. Isidora

dont les yeux étaient restés jusqu'alors
fixés sur la pendule, les retira avec un
mouvement de désespoir; tout à coup
elle sentit que l'on touchait légèrement
son bras. Un des masques se baissa vers
elle, et lui dit à l'oreille : « Je suis ici! »
En même temps, il lui fit le signal
dont elle était convenue avec Melmoth.
Isidora n'ayant pas la force de répondre, ne put que répéter le signal.

« Hâtez-vous, » ajouta-t-il; « tout
est préparé pour notre fuite : il n'y a pas
un moment à perdre; je vais vous laisser
pour un instant ; mais, dans quelques momens, venez me trouver sous le
portique occidental; les lampes y sont
éteintes, et les domestiques ont ou-

blié de les rallumer. Silence et promptitude ! »

Il disparut en parlant, et Isidora ne
tarda pas à le suivre. Quoique le portique fût en effet obscur, le reflet de la
lumière qui brillait dans les salons lui
permit de reconnaître la figure de Melmoth. Il prit, sans rien dire, le bras d'Isidora sous le sien, et la pressa de quitter
ce lieu.

« Arrête, scélérat, arrête ! » s'écria
don Francisco, qui, suivi de Montillo,
s'élança du balcon. « Où entraînes-tu
ma sœur ?.... Et toi, malheureuse, où
veux-tu fuir, et avec qui ? »

Melmoth voulut passer en soutenant
d'un bras Isidora, tandis que de l'autre
il s'efforçait de repousser don Francisco ;

mais celui-ci, ayant tiré l'épée, se plaça directement devant eux, et cria à Montillo de donner l'éveil à la maison, et d'arracher Isidora au ravisseur.

« Eloignez-vous, insensé, éloignez-vous! » s'écria Melmoth; « vous courez au trépas!..... Je ne cherche point votre mort...... Il me suffit d'une victime dans cette famille...... Laissez-nous passer, ou vous périssez! »

« Fanfaron! prouvez ce que vous dites, » reprit don Fernand lui poussant une botte que Melmoth se contenta de parer froidement avec la main.

— « En garde, lâche! ou je réussirai mieux! »

Melmoth tira lentement son épée.

« Jeune homme! » dit-il d'une voix

terrible, si je tourne ce fer contre vous, votre mort est inévitable. Soyez donc plus sage, et laissez-nous passer. »

Don Fernand ne répondit que par une nouvelle botte, qui força enfin Melmoth de se mettre en défense.

Cependant les cris d'Isidora étaient parvenus jusqu'aux danseurs, qui arrivaient en foule dans les jardins. Les domestiques les suivaient avec des flambeaux, et la scène du combat, entourée de cent spectateurs, offrit en un instant la clarté du jour.

« Séparez-les ! séparez-les ! sauvez-les ! » s'écriait Isidora aux pieds de son père et de sa mère, qui, ainsi que le reste de la société, contemplaient ce

spectacle dans un étonnement rempli
d'horreur.

« Sauvez mon frère ! sauvez mon
époux ! » continua Isidora.

Dans cet instant, la vérité toute entière s'offrit à l'esprit de donna Clara,
qui, après avoir jeté un regard d'intelligence au père Jozé, tomba sans connaissance sur le gazon.

Le combat fut aussi court qu'inégal.
En moins d'un instant, Melmoth passa
deux fois son épée au travers du corps
de don Fernand, qui expira aux pieds
de sa sœur. Un silence affreux régna
pendant quelques instans, et fut suivi
du cri : « Saisissez le meurtrier ! » La
foule aussitôt entoura Melmoth. Il n'es-

saya point de se défendre ; mais, s'étant
éloigné de quelques pas, il remit son
épée dans le fourreau, et écarta les as-
sistans par le seul mouvement de son
bras. La force intérieure, au-dessus de
toute force physique qu'il déploya dans
ce moment, semblait clouer tous les
spectateurs à leurs places.

La lumière des lustres, que quelques
domestiques tremblans élevaient pour
le regarder, tombant en plein sur sa
figure, quelques voix, saisies d'horreur,
s'écrièrent : « MELMOTH, L'HOMME
ERRANT ! »

— « C'est moi !... oui, c'est moi !...
Qui maintenant osera s'opposer à mon
passage ? Qui voudra se rendre le compagnon de ma fuite ? Je ne cherche

point à présent à vous faire de mal; mais je ne veux point être retenu. Pourquoi cet insensé n'a-t-il pas cédé à ma voix plutôt qu'à mon épée?.. ... Une seule corde sensible pouvait vibrer dans mon cœur; cette corde est maintenant rompue pour toujours! Je ne tenterai plus de femmes! L'ouragan qui ébranle les montagnes et renverse les cités, doit-il descendre pour éparpiller les feuilles d'une rose? »

Comme il parlait, ses regards tombèrent sur Isidora, qui était couchée, sans mouvement, à ses pieds et à côté de don Fernand. Il se baissa vers elle; il sentit qu'elle respirait encore; et, s'approchant de son oreille, il lui dit, d'une voix assez basse pour qu'aucun autre ne

pût l'entendre : « Isidora ! voulez-vous
fuir avec moi ? Voici le moment. Tous
les bras sont paralysés ; tous les esprits
sont glacés ! Isidora , levez-vous et
fuyons ! Voici l'heure de votre sûreté ! »

Isidora, qui reconnut sa voix , leva
pour un moment la tête, fixa d'abord
les yeux sur lui, puis jeta un regard douloureux sur le corps ensanglanté de son
frère et retomba sur ce corps. Melmoth
se releva précipitamment ; les convives
firent un mouvement hostile ; il les regarda fixement ; ils restèrent tous pétri-
fiés. Les domestiques tremblans levaient
les torches, comme pour éclairer sa route.
Il traversa le groupe sans être inquiété ,
et ne s'arrêta que quand il arriva près

de don Francisco d'Aliaga , qui muet
d'horreur, contemplait son fils et sa
fille.

« Malheureux vieillard ! » s'écria-t-il
en regardant le père infortuné, qui leva
les yeux pour voir quel était celui qui
lui adressait la parole, et qui reconnut
quoiqu'avec peine *l'étranger*, son terrible compagnon de voyage; « Malheureux vieillard !.... vous fûtes averti !....
mais vous négligeâtes l'avis.... Je vous
conjurais de sauver votre fille,.... je savais
mieux qu'un autre le danger qu'elle
courait.... vous aimâtes mieux sauver
votre or; maintenant, comparez ce qui
vous reste avec ce que vous avez perdu !
*Je me suis placé entre moi-même et
elle....* j'ai averti.... j'ai menacé.... Ce

n'était pas à moi à descendre à la prière.
Malheureux vieillard ! voyez quel a été
le résultat de votre imprévoyance ! »

Après avoir parlé, Melmoth se retourna lentement pour partir. Des exé-
crations involontaires le poursuivirent,
et le prêtre élevant la voix avec indi-
gnité, s'écria : « Partez, être maudit,
et ne nous troublez pas. Partez, maudit, et pour maudire ! »

« Je pars vainqueur et pour vaincre, »
répondit Melmoth avec un triomphe
sauvage et féroce.

Il disait vrai. Nul n'osa le toucher.
La marque était sur son front. Ceux qui
savaient la distinguer, savaient aussi
que tout effort humain eût été inutile ;
ceux à qui elle restait cachée n'en

éprouvaient pas moins une horreur qui les rendait immobiles. Il quitta le jardin, et à l'instant il s'éleva un cri général : « Il faut l'abandonner à la vengeance de Dieu ! »

CHAPITRE XLI.

En moins d'une demi-heure le plus
profond silence régna dans les superbes
appartemens et dans les jardins illu-
minés de don Francisco d'Aliaga. Il n'y
resta plus qu'un petit nombre de personnes que la curiosité retenait ou qui
s'efforçaient d'offrir des consolations
aux malheureux parens. Les jardins
surtout offraient un spectacle horrible...
les domestiques restaient immobiles,
les torches à la main ; Isidora était
couchée à côté du corps de son frère.
Don Francisco, qui depuis long-temps

n'avait pas prononcé une parole, ouvrit enfin la bouche pour maudire sa
fille; et donna Clara, qui conservait le
cœur d'une femme et d'une mère, pros-
ternée devant lui et les mains levées au
ciel, s'efforçait d'arrêter la malédiction
prête à lui échapper.

Le père Jozé était le seul qui parût
avoir gardé un peu de mémoire et de
sang-froid. Il demanda à plusieurs reprises à Isidora si elle était réellement
mariée à cet être effrayant.

« Je suis mariée, » répondit la victime, en se levant et en jetant un regard
sur la robe magnifique qu'elle portait.
Tout à coup on entendit frapper un
grand coup à la porte du jardin. Isidora
ajouta : « Je *suis* mariée, et vous ne tar-

derez pas à voir paraître un témoin de
mon mariage ! »

Comme elle achevait ces mots, quelques paysans du voisinage, aidés des
domestiques du seigneur Aliaga, appor-
tèrent un cadavre tellement défiguré
que ses plus proches parens n'auraient
pu le reconnaître. On avait seulement
reconnu ses habits qui étaient de la
livrée de la maison d'Aliaga. Des paysans
venaient de le trouver le soir même dans
la campagne. Isidora n'y jeta qu'un seul
regard et devina sur-le-champ que c'é-
tait le corps du vieux domestique, qui
avait si mystérieusement disparu la
nuit de ses effrayantes noces.

« Voilà, » s'écria-t-elle, au comble

de l'égarement, « voilà le témoin de mon fatal mariage! »

Le père Jozé répondit : votre témoin est muet! »

Cependant on entraînait Isidora, qui dans le même moment commença à sentir les premières douleurs de la maternité. Elle reprit sur-le-champ : « il y aura aussi un témoin vivant, pourvu que vous lui permettiez de vivre. »

La prédiction ne tarda pas à se réaliser; transportée dans son appartement, elle donna au bout de quelques heures, presque sans secours, et sans qu'on la plaignît, naissance à une fille.

Cet événement causa, comme de raison, une grande sensation dans la famille. Don Francisco, qui depuis la mort de son fils, gardait un morne silence, s'écria : « Qu'on livre la femme du sorcier et leur infâme progéniture au saint tribunal de l'Inquisition! » Donna Clara qui d'un côté plaignait sa malheureuse fille, frémissait de l'autre à l'idée d'être l'aïeule d'un jeune démon. Le père Jozé baptisa l'enfant en tremblant, et il fut obligé de se passer de parrains, car aucun des domestiques ne voulut en servir La mère infortunée n'en chérit que plus sa fille, quand elle la vit abandonnée du monde entier.

Le bruit de cette aventure terrible et tragique ne tarda pas à se répandre, et l'on vit bientôt arriver les officiers de l'Inquisition, armés de tout le pouvoir que leur tribunal pouvait donner. Le Saint-Office se flattait enfin de pouvoir mettre la main sur ce Melmoth, qui jusque-là avait bravé tous ses efforts. Il avait montré un sentiment humain, et par ce sentiment, il était sans doute devenu vulnérable.

Ce ne fut qu'au bout de quelques semaines, qu'Isidora recouvra complétement sa raison et sa mémoire. Elle se trouva pour lors dans une prison, étendue sur un lit de paille et dans une cellule, qui n'avait pour tous meubles qu'un crucifix et une tête de mort : une faible lumière y pénétrait par une fenêtre grillée. Elle suffisait pour faire voir à Isidora que son enfant était à côté d'elle. Collé contre son sein, il en avait tiré à l'insu même de sa mère, une chétive et faible nourriture. Isidora le pressa contre son cœur, et s'écria en pleurant : « Tu es à moi! A moi seule! Tu n'as point de père.... Il est aux extrémités de la terre..... Il m'a laissée seule....Mais que dis-je? Je ne suis pas seule, puisque tu es avec moi! »

On la laissa pendant plusieurs jours dans un repos parfait. On avait de bonnes raisons pour la traiter ainsi. On désirait que sa raison fût parfaitement saine au moment de son interrogatoire, dans l'espoir de tirer d'elle, au sujet de Melmoth, des renseignemens que l'on n'avait encore pu obtenir de personne.

VI.   24

Une nuit cependant, Isidora vit ouvrir la porte de sa cellule; une personne
entra, et malgré l'obscurité qui y régnait, elle reconnut en un instant les
traits du père Jozé. Après une longue
pause d'une mutuelle horreur, elle se
mit à genoux en silence pour recevoir
sa bénédiction, qu'il lui donna avec
une gravité mêlée de tendresse, après
quoi il fondit en pleurs.

Un nouveau silence régna encore
pendant quelque temps. Le père s'était
placé sur le pied du lit de la prisonnière, qui était assise comme lui, pen-
chée sur son enfant, dont elle mouil-
lait par momens la joue d'une larme
froide, et qui paraissait avoir de la
peine à tomber. Enfin l'ecclésiastique

se recueillant en silence, lui dit : « ma fille, c'est par l'indulgence du Saint Office, que j'ai obtenu la permission de vous visiter. »

« J'en suis fort reconnaissante, » répondit Isidora, qui se soulagea en versant des larmes plus abondantes.

— « Il m'est aussi permis de vous dire que votre interrogatoire aura lieu demain..... Je vous conjure de vous y préparer...... et s'il y a quelque chose que.... »

« Mon interrogatoire ! » s'écria Isidora avec une surprise marquée, mais sans effroi. « Sur quel sujet va-t-on m'interroger ? »

— « Sur votre inconcevable union avec un être maudit.... Ma fille, » ajou-

t-il, d'une voix étouffée par l'horreur,
êtes-vous vraiment l'épouse de cet
être, dont le seul nom fait frissonner
et dresser les cheveux ?

— « Je le suis. »

— « Quels furent les témoins de votre
mariage, et quelle main osa lier la vôtre
de ce lien profane et contraire à la nature ? »

— « Nous n'eûmes point de témoins...
Nous fûmes unis dans les ténèbres... Je
n'ai vu personne ; mais il m'a semblé
avoir entendu des mots... Je sais que
j'ai senti une main placer la mienne
dans celle de Melmoth..... Elle était
froide comme celle de la mort. »

« O nouvelle et mystérieuse horreur, »
s'écria le prêtre en donnant toutes les

marques d'un véritable effroi. Il pencha sa tête sur son bras, et garda, pendant quelque temps, le silence.

« Mon père, » dit enfin Isidora, vous avez connu l'ermite qui demeure, dans les ruines du monastère, près de notre château!.... Il est prêtre..... C'est un saint homme; .... c'est lui qui nous a unis! »

« Malheureuse victime! » reprit le prêtre en gémissant et sans lever la tête, « vous ne savez ce que vous dites. Ce saint homme est mort la nuit qui précéda votre épouvantable mariage! »

Une nouvelle pause d'une muette horreur suivit. Le père la rompit, en disant, d'une voix grave et tranquille :

« Ma fille infortunée, on m'a permis

de vous administrer le sacrement de la
confession avant votre interrogatoire.
Je vous conjure d'épancher votre âme
dans mon sein.... Le voulez-vous ?

— « Sans doute, mon père. »

— « Répondrez-vous comme si vous
étiez devant le tribunal de Dieu ? »

— « Oui, je répondrai comme devant
le tribunal de Dieu. »

En disant ces mots, elle se mit à genoux devant le père Jozé. Quand elle
eut fini, il lui demanda si elle n'avait
plus rien sur le cœur. Elle répondit que
non, et le prêtre resta, pendant assez
long-temps, dans une attitude pensive.
Il lui fit ensuite, au sujet de Melmoth, plusieurs questions singulières,
auxquelles elle ne put répondre. Elle

lui demanda enfin des nouvelles de ses parens. Le père secoua la tête et garda le silence. Cependant, ayant réitéré ces questions, il lui dit, à regret, qu'elle pouvait bien deviner quel avait dû être sur eux l'effet de la mort de leur fils et de l'emprisonnement de leur fille dans les prisons de l'Inquisition.

« Vivent-ils du moins encore ? » dit Isidora.

« Epargnez-vous la peine de me faire d'autres questions, ma fille, » répondit le prêtre ; « et croyez que si j'avais quelque chose de consolant à vous dire, je ne vous le cacherais pas. »

Dans ce moment, on entendit le son d'une cloche éloignée. « Ce son, » dit le père, « annonce que l'heure de votre

interrogatoire approche. Adieu ; que
tous les saints vous assistent ! »

« Arrêtez, mon père, arrêtez un moment, un seul moment ! » s'écria Isidora au désespoir et lui fermant le chemin de la porte. « O mon père ! croyez-
vous que..... je sois..... perdue.....à
jamais ! »

— « Ma fille, je vous ai donné toutes
les consolations que j'ai pu. La miséri-
corde de Dieu est infinie ; je vais l'implorer pour vous.

— « O mon père ! restez encore un
moment ; je n'ai plus qu'une seule question à vous faire. « Elle saisit sa pâle et
innocente compagne sur le lit où elle
dormait, et, la tendant à l'ecclésiastique, elle ajouta : « O mon père ! dites-

moi si cet enfant peut être celui d'un démon! O mon père, mon cher père! jetez encore un regard sur mon enfant!»

Elle se traînait sur ses genoux après lui. Le père Jozé, attendri, allait couvrir l'enfant de baisers et de prières, quand la cloche sonna une seconde fois. Pressé de se retirer, il ne put que dire: «Ma fille, que Dieu vous protége!»

Les divers interrogatoires qu'Isidora subit n'offrirent rien de particulier, si ce n'est la simplicité et le ménagement avec lesquels elle détaillait tout ce qui pouvait l'inculper, tandis qu'elle évitait, avec un art inconcevable, de répondre aux questions qui avaient rapport à Melmoth. Une seule fois on parla de la

VI. 25

torture, mais elle l'entendit nommer
avec un si grand sang-froid, qu'il n'en
fut plus question par la suite. Enfin,
l'un des magistrats, jetant les yeux sur
son enfant qu'elle tenait sur ses bras,
et sans lequel elle ne paraissait jamais à
l'audience, fit, à ses collègues, un signe
qu'ils comprirent.

Après que les formalités d'usage furent remplies, on procéda à la lecture
de l'arrêt. Isidora fut condamnée à une
prison perpétuelle; son enfant devait lui
être ôté pour être élevé dans un couvent, afin de.....

Ici la lecture fut interrompue par la
prisonnière, qui poussa un cri plus affreux qu'aucun de ceux que la torture
aurait pu lui arracher. Il partait d'un

cœur maternel réduit au dernier désespoir. Elle se jeta ensuite à genoux, et
dans son égarement proféra tantôt des
supplications, tantôt des menaces; elle
ne demandait qu'une chose; c'était
qu'on ne la séparât point de son enfant.

Les juges l'écoutèrent dans un silence
inflexible. Quand elle vit qu'il était impossible de rien obtenir, elle se leva avec
un air de dignité, et demanda d'une voix
altérée, mais calme, qu'on lui laissât du
moins son enfant jusqu'au lendemain.
Elle eut assez de présence d'esprit pour
appuyer sa demande sur l'observation
qu'en le privant trop subitement de la
nourriture à laquelle il était habitué,
on pourrait mettre sa vie en danger. Les

juges y consentirent, et on la recondui-
sit à sa cellule.

Les heures s'écoulèrent. Vers minuit
la porte s'ouvrit, et elle vit paraître deux
individus en costume de familiers. Leurs
traits étaient livides et hagards. Ils mar-
chaient d'un pas roide et machinal. Ils
éprouvaient cependant de la compassion. S'approchant du lit sur lequel Isidora était assise, ils lui dirent à la fois :
« Remettez-nous votre enfant. — Prenez-le, » répondit la prisonnière d'une
voix à peine intelligible.

Les familiers visitèrent la cellule; la
prisonnière restait immobile et silencieuse pendant leur recherche. Elle ne
fut pas longue, mais elle fut vaine.
Quand elle fut finie, Isidora, avec un

éclat d'un rire affreux, leur dit : « Insensés! où prétendiez-vous donc trouver un enfant, si ce n'est sur le sein de sa mère ?.... là.... le voilà..... prenez-le..... il est à vous maintenant..... je vous l'abandonne! »

Elle prononça ces derniers mots avec un cri qui glaça le sang des familiers. Les agens du Saint-Office s'avancèrent ; mais ils furent un peu troublés quand ils virent que l'enfant qu'Isidora leur remettait n'était plus qu'un cadavre. Au front de cet enfant du malheur, né dans l'infortune et nourri dans le cachot, on voyait une marque noire. Les familiers rendirent compte de cette circonstance extraordinaire aux juges : les uns dirent que c'était le signe que son

père lui avait imprimé lors de sa naissance ; les autres l'attribuèrent aux effets terribles du désespoir maternel. On
décida que la prisonnière reparaîtrait
dans les vingt-quatre heures devant le
tribunal pour expliquer la mort de son
enfant.

La moitié de ce temps était à peine
écoulée, que déjà Isidora était sur le
point de paraître devant un tribunal
plus auguste et surtout plus miséricor-
dieux. Quand les inquisiteurs furent con-
vaincus qu'il n'y avait plus rien à attendre
ou à espérer d'elle, ils lui accordèrent
de mourir en paix, et permirent même,
à sa demande, que le père Jozé la vînt
visiter et consoler dans ses derniers momens.

Il était nuit ; mais le jour et la nuit sont les mêmes dans ces tristes lieux. Une faible lampe éclairait la cellule. La pénitente était étendue sur son lit de repos. Le bon prêtre était assis auprès d'elle.

« Mon père, » dit la mourante Isidora, « vous m'avez dit que j'étais pardonnée. »

— « Oui, ma fille ; car vous m'avez assuré que vous étiez innocente de la mort de votre enfant. »

« Est-il possible que vous m'ayez cru coupable ? » reprit Isidora, en se soulevant sur sa misérable couche. « La pensée de son existence aurait seule suffi pour prolonger ma vie, même dans ma prison. O mon père ! comment

aurait-il pu vivre, enfermé, dès sa naissance, avec moi, dans cet horrible lieu?
La chétive nourriture que je lui don-
nais s'est tarie dans mon sein, en entendant lire mon arrêt. Le pauvre enfant gémit pendant toute la nuit. Le
matin ses gémissemens devinrent plus
faibles, et j'en fus bien aise..... à la
fin, ils cessèrent, et j'en fus très.....
heureuse! »

Elle pleurait cependant en parlant de
ce *bonheur*.

— « Ma fille, votre cœur est-il dé-
gagé de ce lien terrible et désastreux
qui a fait son malheur ici-bas et a com-
promis son salut éternel? »

Elle fut long-temps sans pouvoir répondre; à la fin, elle dit d'une voix al-

térée : « Mon père, je n'ai à présent la force ni de combattre mon cœur ni de le sentir. La mort ne tardera pas à rompre tous ses liens ; mais tant que je vivrai il faudra que j'aime l'auteur de ma perte. Je ne lui reproche point son inimitié pour moi, car il était l'ennemi de tout le genre humain. En rejetant sa dernière tentation, en l'abandonnant à sa destinée et en me soumettant à la mienne, je sens que mon triomphe a été complet et mon salut assuré. »

— « Ma fille, je ne vous comprends pas. »

« Melmoth, » continua Isidora avec un effort très-pénible, « Melmoth est venu me voir cette nuit... Il a pénétré

dans les murs du Saint-Office.... Dans
cette cellule même! »

L'ecclésiastique donna des marques
de la plus profonde horreur, et en prê-
tant l'oreille au vent qui sifflait dans les
corridors, il paraissait s'attendre à voir
la porte s'ouvrir et lui offrir l'image de
Melmoth!

Mon père, j'ai eu bien des songes;
mais cette fois, je n'ai point rêvé. J'ai
revu parfois en songe le jardin où je l'ai
rencontré pour la première fois, les nuits
qu'il passait sous ma fenêtre. J'ai eu des
visions saintes et pleines d'espérances;
des figures célestes m'apparaissaient et
me promettaient sa conversion; mais
cette nuit, je suis sûre de l'avoir vu,

Mon père, il a passé en ce lieu la nuit toute entière; il m'a offert.... il m'a conjuré d'accepter.... la liberté et le repos, la vie et le bonheur. Il m'a dit que nous vivrions ensemble dans mon île indienne, dans ce paradis de l'Océan, loin de la demeure des hommes et à l'abri de leurs persécutions. Il m'a juré de n'aimer que moi, et pour toujours; je l'écoutais alors. O mon père! je suis très-jeune encore; la vie et l'amour auraient eu de grands charmes pour moi. Je regardais mon cachot et je songeais qu'il me faudrait mourir sur ces pierres froides; mais.... quand il m'annonça la terrible condition de laquelle dépendait l'accomplissement de sa promesse..... quand il me dit que.....

La voix lui manqua et elle ne put en dire davantage.

« Ma fille, » dit l'ecclésiastique, en se penchant sur son lit, « ma fille, je vous conjure, par l'image représentée sur cette croix que je presse contre vos lèvres mourantes, par l'espoir de votre salut qui dépend de votre sincérité envers moi, votre confesseur et votre ami, faites-moi connaître les conditions proposées par votre tentateur. »

— « Promettez-moi donc d'avance l'absolution pour ce que je vais vous dire, car je ne voudrais pas que mon dernier soupir s'exhalât en prononçant les mots affreux que.... »

« Je vous le promets, » dit le prêtre. Isidora lui répéta pour lors ce qu'il vou-

lait savoir; mais à peine l'eût-il entendu,
que s'éloignant comme s'il avait été mor-
du par un serpent, il se précipita dans
le coin opposé de la cellule, où il demeura muet d'horreur.

Au bout de quelques instans, l'infortunée lui dit : « Mon père, je sens
que je vais mourir ; permettez que dans
ce moment, je sente une main humaine
dans la mienne. »

« Espérez en Dieu, ma fille, » dit
le père en appliquant le crucifix qu'il
tenait sur la bouche glacée de la mourante.

« J'ai aimé sa religion, » reprit Isi-
ra, en baisant dévotement la croix ; « je
l'ai aimée avant de la connaître; Dieu
m'a sans doute inspirée. Hélas! » con-

tinua-t-elle avec ce sentiment profond
d'un cœur entièrement désabusé du
monde; » et plût au ciel que je n'eusse
jamais aimé que Dieu! Que ma paix eût
été parfaite et ma mort glorieuse! *Maintenant... son* image me poursuit jusque
sur le bord de la tombe où je me plonge
pour le fuir. »

« Ma fille, » dit le père Jozé, les yeux
baignés de larmes; « vous allez trouver
enfin le bonheur; le combat a été rude,
mais court, et la victoire est certaine.
La palme vous attend déjà dans le paradis! »

« Le paradis! » reprit Isidora en rendant le dernier soupir. « L'y trouverai-
je ? »

CHAPITRE XLII.

Monçada termina en ces mots l'histoire de l'Indienne, victime de la passion et de la destinée de Melmoth, et
il annonça qu'il saisirait la première occasion pour faire connaître à son jeune
hôte celles des autres victimes dont les
squelettes, ainsi qu'on se le rappelle
sans doute, ornaient l'habitation du
juif Adonias à Madrid. Il ajouta que les
circonstances qui les regardaient étaient
plus terribles et plus effrayantes encore
que celles qu'il avait déjà rapportées. Il
dit encore que les détails de sa résidence

dans la maison du Juif, de la manière
dont il l'avait quittée et la cause de son
arrivée en Irlande, n'étaient guère moins
extraordinaires que tout le reste. Le jeune
Melmoth brûlait de curiosité; il voulait
l'assouvir à tout prix et n'était peut-être
pas sans espoir de voir l'original du
portrait qu'il avait détruit, se présenter
lui-même pour achever son histoire. Le
récit de l'Espagnol avait occupé plusieurs
jours; il se reposa quand il fut fini;
mais bientôt le jeune Melmoth lui rappela qu'il lui restait une promesse à
remplir.

On fixa une soirée pour continuer
l'histoire. Le jeune Melmoth et l'espagnol Monçada se réunirent dans l'appartement accoutumé. La nuit était

triste et orageuse. La pluie qui avait tombé pendant toute la journée paraissait avoir cédé la place au vent, qui soufflait par intervalles avec une force extraordinaire. Melmoth et Monçada approchèrent leurs sièges du feu, et se regardèrent comme s'ils avaient voulu s'encourager mutuellement.

A la fin Monçada appela toute sa fermeté à son secours et commença sa relation; mais il ne tarda pas à s'apercevoir que l'attention de son auditeur était préoccupée de quelque autre objet. Il s'arrêta.

« J'ai cru, » dit Melmoth pour répondre au silence de Monçada, « entendre un bruit, comme si quelqu'un marchait dans le corridor. »

VI.   26

« Chut, » reprit Monçada : « car je
ne voudrais pas qu'on nous entendît. »

Ils s'arrêtèrent et retinrent leur haleine. Le bruit se renouvela. Il n'y
avait plus à douter qu'on ne marchât et
qu'on ne s'approchât de la porte.

« On nous épie, » dit Melmoth, en
voulant se lever de sa chaise ; mais à
l'instant même la porte s'ouvrit et un
personnage se présenta, dans lequel
Monçada reconnut l'objet de son récit,
celui qui l'avait mystérieusement visité
dans les prisons de l'Inquisition. Melmoth se rappela aussi le portrait et l'être
dont l'esprit l'avaient rempli d'effroi
quand il l'avait vu assis au chevet du lit
de son oncle mourant.

La figure resta pendant quelque

temps à la porte; puis s'avançant à pas lents jusqu'au milieu de la chambre, elle y demeura sans les regarder. Elle s'approcha ensuite de la table où ils étaient assis et se montra à eux comme un être vivant et corporel. Ils sentirent et exprimèrent l'un et l'autre la plus vive horreur. C'était réellement Melmoth, l'Homme errant, qu'ils voyaient; ils le voyaient tel qu'il était dans le siècle passé, tel qu'il serait dans mille ans si les conditions effroyables de son exis- tence se renouvelaient. Sa force natu- relle n'était pas abattue; mais son œil était affaibli. Il n'avait plus ce lustre surnaturel, dont il brillait jadis, comme un fanal pour annoncer le dan- ger à ceux qui seraient assez imprudens

pour s'en approcher. Ce lustre avait été
remplacé par une couleur plus terne
que ne l'est d'ordinaire l'œil d'un homme.
En un mot, tout en lui annonçait l'être
vivant ; ses yeux seuls étaient les yeux
d'un mort.

Quand il fut plus près d'eux, ils se
levèrent d'un mouvement spontané.
L'Homme errant étendit le bras, comme
pour dire qu'il ne les craignait pas,
mais qu'il n'avait pas l'intention de leur
faire du mal. Il prit ensuite la parole et
le son étrange et grave de cette voix, la
seule qui eût retenti si long-temps sur
la terre : ce son fit sur leurs sens l'effet
du tonnerre roulant dans le lointain.

« Mortels, » leur dit-il, « vous êtes
ici pour parler de ma destinée, et des

événemens qui l'ont marquée. Cette destinée est, je crois, accomplie, et avec
elle finissent ces événemens qui ont excité votre vague et triste curiosité. Je
suis ici à mon tour pour tout éclaircir :
oui; moi, moi, de qui vous parlez, je
suis ici. Qui peut mieux raconter les
aventures de Melmoth, l'Homme errant, que lui-même, au moment où il
va terminer cette existence qui a été un
sujet d'étonnement et de terreur au
monde entier ? Melmoth, vous voyez
votre ancêtre. L'homme dont vous avez
vu le portrait avec une date si reculée,
est devant vos yeux. Monçada, vous
voyez une connaissance d'une date plus
récente. « Ne craignez rien, » ajouta-t-
il en observant l'effroi que témoignaient

ses auditeurs involontaires. « Qu'aviez-
vous d'ailleurs à craindre? vous, seigneur, vous êtes armé de votre rosaire »
(ici un rayon de maligne ironie vint
encore éclairer ses yeux éteints,) « et
vous, Melmoth, vous êtes fortifié par
cette curiosité vaine et insensée, qui
jadis aurait pu vous rendre ma victime,
mais qui maintenant ne vous rend que
ridicule à mes yeux.

« Pourriez-vous me donner quelque
chose pour étancher ma soif? » continua-t-il en s'asseyant. Moncada et son
hôte étaient remplis d'un effroi, qui
tenait presque du délire. Le premier
prit cependant courage, et versa un
verre d'eau qu'il offrit à l'Homme errant d'une main assez ferme, mais un peu

froide. L'étranger le porta à sa bouche,
en but quelques gouttes, le reposa sur
la table, et dit : « Voici le dernier verre
que je viderai sur la terre; la dernière
liqueur qui mouillera mes lèvres mortelles. » Il l'acheva ensuite lentement,
et ajouta : « désormais ma soif est éternelle ! » Ni le jeune Melmoth, ni Moncada ne se sentirent la force de parler ;
ils n'éprouvèrent aucun désir d'interrompre la profonde rêverie à laquelle
il s'abandonna.

Cette rêverie dura jusqu'aux premiers rayons de l'aurore, qui se faisait
jour à travers les volets fermés. Alors
l'Homme errant leva ses yeux pesans,
et les fixant sur Melmoth, il lui dit :

« votre ancêtre est revenu chez lui ; ses
voyages sont terminés ! Tout ce que
l'on a raconté, tout ce que l'on a pu
croire de moi, m'importe bien peu
maintenant. Le secret de ma destinée
repose avec moi. Si mes crimes ont
surpassé ceux des hommes, mon châti-
ment sera proportionné à mes crimes.
J'ai répandu l'effroi sur la terre ; mais
je n'ai point été un mal réel pour ses
habitans. Nul n'a pu participer à ma
destinée que de son consentement, et
nul n'a consenti. C'est moi seul qui
subirai ma peine. Si j'ai étendu la main
et si j'ai mangé du fruit de l'arbre dé-
fendu, ne suis-je pas à jamais privé de
la présence de Dieu et de la jouissance

du paradis? Ne dois-je pas errer à jamais au sein de la désolation et de l'anathème?

« On a dit de moi, que j'avois obtenu de l'ennemi des âmes une existence prolongée bien au-delà du temps ordinaire, avec le pouvoir de traverser l'espace sans trouble ni délai, et de visiter les régions les plus éloignées avec la promptitude de la pensée; j'ai pu, dit-on, braver la foudre sans *espoir* d'en être frappé, et pénétrer dans les cachots en dépit des portes et des verroux. On a ajouté que ce pouvoir m'avait été accordé, afin que je pusse tenter des misérables dans l'heure terrible du désespoir, avec la promesse de la délivrance et de la sûreté, à con-

dition qu'ils changeassent de position
avec moi. Si tout cela est ainsi, car je
ne veux ni le contredire ni le certifier,
ce n'est qu'une preuve de plus de la
vérité des paroles prononcées par une
bouche qu'il ne m'est pas permis de
nommer, et gravées dans le cœur de
tous les hommes. Personne n'a jamais
voulu changer son sort contre celui de
Melmoth, l'Homme errant; *j'ai tra-*
versé le monde dans mes recherches,
et je n'ai trouvé personne qui, pour
gagner ce monde, ait voulu perdre son
âme. Ni Stanton dans son hospice; ni
vous, Monçada, dans les prisons de
l'Inquisition; ni Walberg, quoiqu'il vît
ses enfans sur le point de mourir de
faim.... ni.... une autre.... »

Il s'arrêta, et sur le point d'entreprendre son terrible et douteux voyage, il parut jeter un regard en arrière, vers le rivage de la vie, et reconnaître à travers les brouillards de la mémoire, une figure qui de loin lui faisait de douloureux adieux. Il se leva. « Laissez-moi, dit-il, obtenir s'il est possible, une heure de repos; oui, du repos.. du sommeil! » ajouta-t-il, en regardant ses auditeurs étonnés, « mon existence est encore humaine! » Un sourire moqueur erra pour la dernière fois sur ses traits. Combien de fois ce sourire n'avait-il pas glacé le sang de ses victimes! Melmoth et Monçada quittèrent l'appartement, et l'Homme errant se penchant en arrière sur sa chaise, s'endormit

profondément. Hélas! quelles furent
les visions de son dernier sommeil ter-
restre!

SONGE DE L'HOMME ERRANT.

Il se croyait sur le sommet d'un
précipice, dont l'œil ne pouvait mesu-
rer la profondeur, mais au bas duquel
il distinguait avec peine un océan de
feu, dont les vagues frappant contre le
rocher, faisaient rejaillir sur lui une
écume de soufre brûlant. Toute cette
mer paraissait vivante. Chaque flot
portait une âme souffrante, qui s'élevait comme le débris d'un naufrage,
poussait un cri affreux en se brisant
contre le roc, s'enfonçait, pour se rele-

ver encore et répéter son cri. Cette épouvantable alternative devait durer éter-
nellement.

Tout-à-coup Melmoth se sentit jeté
à bas du précipice; mais, dans sa chûte,
il s'arrêta à la moitié de la hauteur. Il se
crut placé sur une partie du rocher qui
s'avançait au-dessus de la mer de feu et
qui n'avait que juste la largeur nécessaire
pour ses pieds. Il leva les yeux, mais
l'air supérieur, car il n'y avait point de
ciel, n'offrait qu'une obscurité impé-
nétrable, au sein de laquelle il distinguait cependant un bras gigantesque qui
le tenait suspendu sur le bord du précipice, tandis qu'un autre bras qui,
ainsi que le premier, semblait appartenir
à un être trop vaste et trop horrible pour

que le songe le plus effrayant en pût même offrir une image, se dirigeait vers un cadran placé au sommet du rocher et que le reflet des flammes rendait seul visible. Ce cadran n'avait qu'une aiguille qui ne marquait point les heures, mais les siècles. Il y jeta les yeux, et vit que la période fixée de cent cinquante ans était près de s'accomplir. Il poussa un cri, et avec un de ces brusques mouvemens que l'on éprouve souvent dans le sommeil, il s'arracha du bras qui le tenait, et voulut se précipiter vers le cadran pour arrêcher la marche de l'aiguille.

L'effort le fit tomber, sa chute fut perpendiculaire et n'offrit rien auquel il pût s'attacher. Le rocher était uni comme une glace et à son pied se brisait l'océan de feu. Soudain il vit un groupe de figures s'élever à mesure qu'il descendait. Il tendit successivement la main à toutes; c'étaient Stanton, Walberg, Eléonore Mortimer, Monçada, ISIDORA; une foule d'autres. Toutes passèrent devant lui; aucune ne lui présenta une main secourable.

Son dernier regard de désespoir fut encore dirigé vers le cadran de l'éternité. Le bras terrible semblait pousser l'aiguille; elle parvint à son terme, il tombe, il plonge, il brûle, il crie! Les ondes flamboyantes couvrent sa tête et l'éternité fait entendre ces mots : « Place à l'âme de l'Homme errant! » Les vagues de l'océan brûlant, en frappant contre le rocher, répondent : « Il y a place pour bien d'autres ! » Melmoth se réveilla.

CHAPITRE XLIII, ET DERNIER.

LE jeune Melmoth et Monçada n'osèrent approcher de la porte que vers midi. Ils y frappèrent un coup léger et ne recevant point de réponse, ils ouvrirent et pénétrèrent dans la chambre d'un pas lent et irrésolu ; elle était dans le même état où ils l'avaient laissée. Un profond silence y régnait ; les volets n'avaient point été ouverts et l'Homme errant dormait encore sur sa chaise.

Au bruit de leurs pas, il se leva à moitié et leur demanda l'heure ; ils le lui dirent.

« Mon heure est venue, » reprit l'Homme errant, « et vous ne devez point en être témoins. L'horloge de l'éternité est prête à sonner pour moi, et son timbre ne doit point retentir à des oreilles mortelles! »

Comme il parlait, ils s'étaient approchés de lui et ils virent avec horreur le changement qu'une matinée avait opéré sur ses traits. Le lustre affreux de ses yeux était déjà éteint avant leur dernière entrevue; mais maintenant les marques de la décrépitude étaient visibles sur tout son corps. Ses cheveux étaient blancs comme la neige, sa bouche était rentrée, tous les muscles de son visage étaient tombés et flétris. Il tressaillit lui-même en observant l'impression que sa figure faisait sur ses hôtes.

« Vous voyez ce que je suis, » s'écria-t-il, « l'heure est donc enfin venue! on m'appelle et je dois obéir! mon maître a d'autres travaux à m'imposer. Quand un météore brillera dans votre atmosphère, quand une comète poursuivra sa course brûlante vers le soleil, levez les yeux et songez à l'âme qui est peut-être condamnée à guider leur marche errante et enflammée! »

Cet éclair soudain ne fut pas de longue durée. Il ne tarda pas à retomber dans son premier abattement et il dit : « laissez-moi; je dois être seul pendant les dernières heures de mon existence mor-

telle.... pourvu qu'elles soient réellement les dernières! » Il frémit intérieurement en prononçant ces mots, et
ses auditeurs s'en aperçurent. Il ajouta
ensuite : « c'est dans cet appartement
que j'ai vu le jour ; c'est ici peut-être
que je dois renoncer à la vie! Plût au
ciel que je ne fusse pas né!....hommes!....
retirez-vous.... laissez-moi seul.... quelques sons que vous entendiez dans le
cours de la terrible nuit qui va commencer, n'approchez pas de cette
chambre, votre vie en dépend. Rappelez-vous, » continua-t-il en élevant la
voix, « que vous paieriez de votre vie
une fatale curiosité. C'est pour en con-
tenter une semblable que j'ai risqué et

perdu plus que la vie.... Que mon sort
soit pour vous un avertissement.... retirez-vous ! »

Ils s'éloignèrent en effet, et passèrent
le reste de cette journée sans songer à
prendre les repas accoutumés : telle était
l'inquiétude qui les dévorait. La nuit,
ils restèrent dans leurs appartemens,
mais sans espoir de pouvoir reposer.
Le repos, d'ailleurs, eût été impossible.
Les sons, qui, bientôt après minuit,
commencèrent à se faire entendre dans
l'appartement de l'Homme errant, d'a-
bord peu alarmans, ne tardèrent pas à
devenir si horribles que le jeune Melmoth, quoiqu'il eût envoyé coucher ses
domestiques dans une partie éloignée

VI

29

de la maison , commença à craindre qu'ils n'arrivassent jusqu'à eux. Il se leva donc et se mit à marcher en long et en large dans le passage qui conduisait à cette chambre effrayante. Bientôt il vit à l'autre bout un individu qui s'approchait de lui, et sa préoccupation était si grande qu'il ne reconnut pas d'abord Monçada. Ils continuèrent cependant à marcher ensemble, sans se faire de questions.

Bientôt l'horreur des bruits qu'ils entendaient augmenta à tel point que l'avertissement même qu'ils avaient reçu, put à peine les empêcher d'entrer dans la chambre. Ces bruits étaient de divers genres et impossibles à décrire.

Ce n'étaient ni des supplications ni
des blasphêmes, mais un mélange des
deux.

Vers le matin les sons cessèrent tout-
à-coup. Le silence qui les suivit leur
parut pendant quelques momens plus
effrayant encore que tout ce qu'ils
venaient d'entendre. Après s'être con-
sultés par un regard, ils s'empressèrent
de courir à l'appartement. Il était vide;
et ne renfermait aucun vestige de celui
qui y avait passé la nuit.

Après avoir jeté avec étonnement
leurs yeux autour de la chambre, ils
aperçurent qu'une petite porte qui faisait face à celle par laquelle ils étaient
entrés et qui donnait sur un escalier
dérobé, était ouverte. En s'en appro-

chant, ils découvrirent des traces de pas
formées avec du sable humide ou une
terre grasse. Ils les suivirent jusqu'à une
porte qui s'ouvrait sur le jardin, et delà par un sentier de gravier jusqu'à un
mur brisé. Au-delà de ce mur, ils reconnurent encore les mêmes vestiges
dans un champ de bruyère qui s'élevait
en pente jusqu'à la moitié de la hauteur d'un rocher qui s'avançait dans la
mer.

Quoiqu'il fût encore de très-bonne
heure, tous les pêcheurs des environs
étaient levés, et ils dirent à Melmoth et
à son ami que leur sommeil avait été
troublé toute la nuit par des sons affreux
qu'ils ne pouvaient décrire. Il est remarquable que ces hommes, que leur

caractère et leurs habitudes portaient à la superstition et à l'exagération, n'en montrèrent aucune dans cette occasion.

Melmoth ne voulut permettre à personne qu'à Monçada de monter avec lui sur le rocher. Il était couvert de bruyère. On y voyait distinctement un sentier formé par cette bruyère aplatie par force, et qui indiquait que quelqu'un y avait été traîné. Ce ne fut pas sans peine que Melmoth et Monçada arrivèrent au sommet. L'Océan battait le pied du roc. Un objet flottait au vent sur une pierre qui avançait un peu au-dessous d'eux dans la mer. Melmoth parvint à s'en saisir : c'était la cravatte que l'Homme errant portait la nuit précédente autour du cou. Ce fut là la dernière trace de l'Homme errant.

Melmoth et Monçada se jetèrent mutuellement un regard d'horreur, et, sans rompre le silence, ils rentrèrent à pas lents à la maison.

FIN DU SIXIÈME ET DERNIER VOLUME.

DE L'IMPRIMERIE D'A. ÉGRON,
rue des Noyers, n° 37.